*Die Geschichte basiert auf der Fantasie der Autorin und ist frei erfunden.*
*Alle Ähnlichkeiten mit lebenden Personen oder Handlungen sind rein zufällig und nicht gewollt.*

# WARNUNG!

Manche Türen sollten lieber verschlossen bleiben!

Dana Müller

# Spuk in ALICETOWN

Mystery Horror

# Kapitel 1

## Die Erbschaft

Legenden sterben nicht.

Hannah Goodman erinnerte sich noch gut an die Worte ihres Vaters. Damals war sie sich deren Wahrheitsgehalts sehr sicher gewesen, denn das fleischgewordene Beispiel sprühte nur so vor Leben. Seine Mutter – Hannahs Oma war – glaubte man ihren Erzählungen – legendär. Trotz ihres hohen Alters blieb Edithas Geist fast bis zum Schluss glasklar. Wie alt sie genau geworden ist, konnte niemand mit Gewissheit sagen, denn die Unterlagen waren mit den Grundmauern der Kirche verbrannt, als Alicetown im Krieg bombardiert worden war. Sie hatte in ihrem Leben vielen Gefahren ins Auge geblickt, die sich Hannah nicht einmal vorstellen konnte, und war dem Tod unzählige Male entkommen.

Doch Hannah wusste auch: Irgendwann fordert der Sensenmann seinen Tribut ein.

Und so war es schließlich auch gekommen. Editha Rosenberg hatten die Jahre zugesetzt und so verbrachte sie die letzten Tage ihres Daseins im Krankenbett. Mit einem letzten Aufbegehren gegen das Unausweichliche hatte sie Hannah nur einen Satz ins Ohr gehaucht, der sich wie ein Brandmal in den Geist ihrer sechzehnjährigen Enkelin eingebrannt hatte.

»Öffne nicht die Tür.«

Hannah wusste zu dem Zeitpunkt noch nichts damit anzufangen und auch später – wenn sie an die Worte ihrer Oma dachte, wurde sie nicht schlau aus ihnen.

Gedankenverloren packte Hannah einen Umzugskarton und trug ihn ins Haus – in Omas Haus, das nun durch ihr Ableben in den Besitz der Goodmans übergegangen war. Auf dem Klingelschild stand noch immer Rosenberg. Ihr graute vor dem Moment, in dem der Schriftzug entfernt werden würde. Niemand hatte Hannah um ihre Zustimmung gebeten, in dieses Gemäuer zu ziehen. Ihre Eltern hatten den Umzug einfach beschlossen und nun sollte Omas Haus ihr neues Zuhause werden.

Missmutig zerrte Hannah den Karton durch die Tür und stellte ihn in der Halle ab. So unscheinbar Omas Haus von außen betrachtet auch war, enthüllte es beim Betreten den Charme eines kleinen Schlosses. Den Fußboden im Foyer hatte sie erst letztes Jahr mit schwarzem Marmor bestücken lassen und den größten Kronleuchter gekauft, den die Decke gerade so halten konnte. Er verlieh dem Eingangsbereich das gewisse Etwas. Über die breite Treppe erreichte man die Schlafzimmer und das große Badezimmer. Hannah war oft in diesem Haus gewesen, aber heute wirkte es befremdlich auf sie. Zuweilen hatte sie sich vorgestellt, wie es wäre, in Omas Haus zu leben. Nun sollte diese Vorstellung Realität werden. Mit dem Unterschied, dass Editha nicht mehr da war. Ihre Großmutter fehlte ihr schrecklich.

»Weißt du schon, welches Zimmer du nehmen willst?«, ertönte die Stimme ihrer Mutter.

Darüber hatte sie noch nicht nachgedacht, aber das musste sie auch gar nicht. Um ihrer Großmutter ganz nah zu sein, wusste Hannah intuitiv, in welches Zimmer sie ziehen wollte. »Omas Schlafzimmer.«

»Bist du sicher?«, vergewisserte sich ihre Mutter. »Vergiss nicht, dass Oma im Testament vermerkt hat, dass das Obergeschoss nicht verändert werden darf.«

Hannah nickte. »Ist okay«, versicherte sie und ging die Treppe hinauf.

Die Tür ihres neuen Zimmers stand offen. Es duftete nach dem Parfüm, das ihre Oma immer getragen hatte. Flieder, ein Damenparfüm, das es heute kaum noch zu kaufen gab. Editha hatte ihre Quellen für einfach alles. Hannah atmete schwer, denn ihr Tod hatte ein tiefes Loch in ihrem Herzen hinterlassen. Andächtig schritt sie in das Zimmer und stellte den Umzugskarton ab. Die Bilder an den Wänden zeigten Editha so, wie Hannah sie in Erinnerung behalten wollte. Das aber war gar nicht so einfach, denn das Bild der schwachen alten Frau, die sich kaum noch ihrer Stimme bedienen konnte, hatte sich wie ein Brandzeichen in Hannahs Geist gesengt.

Von heute auf morgen, quasi über Nacht war jeder Lebensfunke aus Editha gewichen und hatte eine talgige Hülle zurückgelassen, gerade noch fähig, die Arbeit der Organe selbstständig auszuführen. Doch im Krankenhaus versagten auch diese und sie wurde an Schläuche und Monitore angeschlossen. In den wenigen lichten Momenten, in denen die Sterbende versucht hatte, mit der Familie zu reden, verfestigte sich der Eindruck, dass sie bereits weit entfernt war. Sie hatte Hannah mit einem seltsam entglittenen Blick angesehen, als hätte sie ihre Enkelin nicht einmal mehr erkannt.

Hannah berührte ein Foto, das ihre Großmutter in Bewegung zeigte, und schloss die Augen, um den Moment in Gedanken weiterzuführen. Niemand hatte vor neun Wochen ahnen können, wie wenig Zeit ihr noch blieb, nachdem sie von ihrem Tanzpartner bewusstlos auf dem Küchenboden gefunden worden war. Die Tür hatte offengestanden und es grenzte an ein Wunder, dass sie überhaupt noch einmal zu sich gekommen war.

Zwei Tage zuvor hatte sie noch für das anstehende Foxtrottturnier geprobt. Editha war die älteste Tänzerin und man beneidete sie um ihren jugendlichen Elan. In ihrem Alter schwang niemand das Bein so wie die in die Jahre gekommene Lady.

Die Mediziner hatten ihr keine Überlebenschancen eingeräumt, aber dann war sie doch erwacht. Was sie so plötzlich in diesen Zustand versetzt hatte, konnten die Ärzte nicht erklären.

Das Herz wurde Hannah schwer. Brennende Tränen füllten ihre Augen und benetzten ihre Seele. Hastig wischte sie das Nass aus ihrem Gesicht und ging wieder hinunter, um ihre Sachen aus dem Umzugswagen zu holen.

Glücklicherweise waren die Sommerferien gerade angebrochen, sodass sie keinerlei Verpflichtungen hatte. Mit all der Trauer im Herzen konnte sie sich nicht vorstellen, in einem stickigen Klassenraum zu sitzen und dem Unterricht zu folgen.

»Hannah, Hannah, draußen sind zwei Männer. Sie sagen ganz böse Dinge über Oma«, vermeldete Hannahs kleiner Bruder.

»Was denn für Dinge?«

Holden zuckte nur mit den Schultern.

»Du wartest hier«, wies sie ihn an und ging zur Tür, von der aus sie bereits ihre Eltern mit zwei älteren Männern reden sah.

Die Kerle trugen lange Bärte und karierte Hemden, über die schmale Hosenträger gespannt waren. Vorsichtig schlich Hannah in ihre Nähe, um zu hören, worüber sie sich unterhielten. Es konnte nichts Gutes sein, denn Hannahs Vater, Daniel Goodman zog seine Frau dicht an sich heran, als wollte er sie vor den Worten schützen. Der Kies unter Hannahs Füßen knirschte und drohte sie zu verraten, also blieb sie mit butterweichen Knien auf halbem Weg stehen und strengte ihr Gehör an.

»Hören Sie, ich gebe Ihnen beiden einen guten Rat. Verkaufen Sie das Haus. Es wird Ihnen nur Unheil bringen«, sagte einer der Bärtigen.

Aus der Nähe betrachtet ähnelten sie sich so sehr, dass Hannah vermutete, sie seien Zwillinge.

Nur, dass einer von ihnen grauere Haare hatte als der andere.

»Wir werden nicht verkaufen. Das ist das Erbe meiner Frau. Und jetzt gebe ich *Ihnen* einen guten Rat: Verschwinden Sie und lassen Sie uns in Ruhe, sonst rufe ich die Polizei«, erwiderte Daniel.

Hannah setzte alles auf eine Karte, sie musste unbedingt erfahren, wer diese Typen waren und vor allem, warum sie ihre Eltern davon überzeugen wollten, das Haus zu verkaufen. Sie näherte sich ihnen mit immer größer werdenden Schritten. Die Gesichter der Bärtigen schnellten zu Hannah. In ihren Blicken lag eine dunkle Bedrohung, die so schnell verblasste, wie sie aufgeblitzt war. Für einen winzigen Augenblick erstarrte Hannah.

»Wer ist das?«, wandte sie sich leise an ihren Vater.

»Verzeihung«, sagte einer der Männer gerade in dem Moment, als Daniel antworten wollte. »Wir sind die Brüder Strotman. Wir kannten Ihre Großmutter.«

»Bis zu dem Tag ...«, setzte der andere fort und wurde mit einem Tritt auf den Fuß von seinem Bruder unterbrochen.

»Bis zu welchem Tag?«, hakte Hannah nach.

»Bis zu dem Tag ihres Ablebens«, ergänzte der Fußtreter.

Hannah spürte, dass die beiden etwas verschwiegen, behielt es aber für sich. Die Männer waren ihr ohnehin unheimlich. Auf keinen Fall wollte sie ihre Aufmerksamkeit auf sich ziehen.

»Verschwinden Sie jetzt und hören Sie auf mit Ihren Märchen«, verlangte Hannahs Vater und wandte sich mit seiner Frau im Arm zum Gehen um. »Hannah, komm!«

Mit in Blei gegossenen Beinen stand Hannah da und betrachtete die Brüder. Erst, als ihr Vater erneut nach ihr rief, setzte sie sich in Bewegung. Seine Stimme war in diesem Moment so durchdringend, dass sie das Blei sprengte. Sie lief ihren Eltern zum Umzugswagen hinterher.

Daniel reichte seiner Tochter eine Stehlampe. »Ich will nicht, dass du dich mit diesen Verrückten unterhältst, verstanden?«

»Was wollten die denn?«, fragte Hannah.

»Das Haus. Sie schüren Ängste, um den Preis zu drücken. Aber wir lassen uns nicht vertreiben. Und jetzt bring die Lampe bitte in mein Arbeitszimmer«, erwiderte er und stieg mit einem beherzten Satz auf die Ladefläche.

»Tu bitte, was dein Vater sagt«, setzte ihre Mutter nach und sah ihre Tochter mit einem flehenden Blick an, dem Hannah nicht widersprechen konnte.

»Schon gut.« Liebend gerne hätte sie gewusst, womit die beiden Männer ihrem Vater solche Angst eingejagt hatten. Ihrem Vater – den man sonst nicht so leicht erschrecken konnte. Mit einem tiefen Seufzen und in Gedanken an die Bärtigen machte sie sich auf den Weg ins Haus.

»Hey, bin spät dran«, vernahm sie eine ihr bekannte Stimme und drehte sich um.

Joe wohnte mit seiner alleinerziehenden Mutter in dem Haus neben ihrem neuen Zuhause. Er war ein halbes Jahr älter und einen Kopf größer als Hannah. Während der Besuche bei ihrer Großmutter hatte sich eine tiefe Freundschaft zwischen den beiden entwickelt.

Sie wuschelte ihm durch sein dunkelbraunes zotteliges Haar. »Ja, wie immer. Aber mach dir keine Hoffnungen, der Wagen ist noch voll«, konterte sie salopp und drückte ihm die Lampe in die Hand.

»Ähm – wohin damit?«

»In das ehemalige Gästezimmer«, wies sie an und ließ ihn stehen, um sich etwas anderes aus dem Möbelwagen zu holen.

»Warte mal«, rief Joe, aber sie winkte im Gehen nur ab und reagierte nicht weiter. Nicht, weil sie ihn nicht mochte, sondern weil sie meinte, er gehörte für seine Unpünktlichkeit ein bisschen bestraft.

Mit einer weiteren Kiste mit der Aufschrift *Hannahs Deko und Krimskrams* eilte sie ihm hinterher. Fast hätte sie ihn umgerannt, denn Joe stand wie versteinert im Eingangsbereich und krallte sich an der Lampe fest.

»Was ist mit dir?«

Er sah sie mit einem entgeisterten Gesichtsausdruck aus seinen großen, braunen Augen an. »Ich war noch nie hier drin. Aber jetzt bin ich geneigt, an die Geschichten zu glauben, die man sich so erzählt.«

»Wie? Du warst doch oft im Gästezimmer, wenn du dich mal erinnerst. Und, was denn überhaupt für Geschichten?«

»Nicht offiziell.« Sein Blick wanderte mit gespieltem Entsetzen zu Hannah. »Du kennst die Geschichten nicht?« Eine Antwort erwartete Joe offenbar nicht – zumindest nicht in diesem Augenblick, denn er ließ sie einfach stehen.

Hannah kannte seine Streiche bereits, dafür mochte sie ihn auch, aber gerade fand sie Späße dieser Art alles andere als witzig. »Warte, was für Geschichten?«

»Dass deine Oma mit dem Tanzen ein Vermögen verdient hat«, meinte er beiläufig und verschwand im Arbeitszimmer neben der Treppe.

»Sie konnte gut von den Preisgeldern leben«, beteuerte Hannah und folgte ihm.

Joe kannte das Zimmer gut – auch wenn er etwas anderes behauptete. Regelmäßig war er durch das Fenster gestiegen. Immer, wenn Hannah hier übernachtet hatte, kam er zu Besuch. Die Tür hatte er niemals benutzt – vielleicht hatte er das mit *nicht offiziell* gemeint. Davon hatte Editha nichts gewusst, obwohl Hannah das eine oder andere Mal den Eindruck gehabt hatte, dass sie zumindest etwas geahnt haben musste. Mit leeren Händen kam er aus dem Zimmer und besah sich den Türrahmen. »Fühlt sich gar nicht komisch an.«

Manchmal verstand sie ihn einfach nicht. Mit hochgezogenen Brauen ging sie auf ihn zu. »Was soll sich denn daran komisch anfühlen, durch eine Tür zu gehen?«

Darauf antwortete er nicht. Stattdessen drängte seine Neugier hervor. Er erschien ihr plötzlich so aufgeregt, als hätte er einen Sack Hummeln verschluckt. »Welches Zimmer hast du dir ausgesucht?«

»Omas Schlafzimmer«, antwortete sie und trug die Kiste die vielen Stufen hinauf. »Verrätst du mir jetzt, was es mit den Geschichten auf sich hat?« Sie wurde das Gefühl nicht los, dass er etwas ganz anderes meinte. Jeder hier im Ort wusste doch bereits, dass Editha gut verdient hatte.

»Habe ich doch schon«, erwiderte er lässig und folgte ihr.

Im Obergeschoss bemerkte Hannah die geschlossene Tür. Sie selbst hatte sie sicher nicht hinter sich zugezogen. »Komisch«, huschte es über ihre Lippen, als sie die Kiste abstellte und die Tür öffnete.

»Was denn?«, wollte Joe wissen.

Sie schüttelte nur den Kopf. Unter keinen Umständen wollte Hannah ihm Zündstoff für seine Streiche liefern. Wie sie Joe kannte, würde er sich so tief in seine Scherze hineinsteigern, dass er sie am Ende selbst noch glaubte.

Nur zögerlich betrat er den Raum. »Wow! Hier muss eine Menge gemacht werden, wenn du hier leben willst.«

»Warum? Was ist verkehrt an dem Zimmer?«, fragte sie.

Er beäugte sie skeptisch. »Das ist nicht dein Ernst, oder? Die Mustertapete war vielleicht vor hundert Jahren modern, die Rüschenkissen passen nicht zu dir und der Orientteppich hatte bestimmt mal ein schönes Muster, leider ist davon nicht mehr viel übrig.«

Hannah atmete tief durch, zählte langsam im Sinn bis zehn und antwortete: »Du musst ja nicht hier sein, wenn es dir nicht gefällt.«

Die Einrichtung entsprach nun wirklich nicht ihrem Geschmack, aber sie hatte das Zimmer gewählt, weil sie Editha nahe sein wollte. Und dieser Raum mit all ihren Sachen schien regelrecht beseelt von ihrer Oma zu sein.

»Joe«, ertönte die Stimme ihrer Mutter. »Schön, dass du da bist. Wir können jede helfende Hand gebrauchen.« Sie zerrte eine schwere, ziemlich große Kiste an Hannahs Zimmer vorbei.

»Warten Sie, ich helfe Ihnen«, sprang er sofort an.

»Wohin willst du damit?«, wollte Hannah wissen und befürchtete, ihre Eltern hätten das Zimmer neben ihrem zum elterlichen Schlafzimmer bestimmt.

Hannahs Mutter stellte den Karton auf den Fußboden und drehte sich ihrer Tochter zu. »Das hier wird Holdens Zimmer, wenn du nichts dagegen hast. Er wollte in deiner Nähe bleiben.«

Für eine Sechzehnjährige gab es nur zwei Katastrophen bei einer Zimmeraufteilung. Die erste hatte sich in Luft aufgelöst, denn es wurde nicht das Schlafzimmer ihrer Eltern, aber dafür traf Hannah die zweite wie ein hart geworfener Baseball. Was gab es Schlimmeres, als neben einem schlafwandelnden kleinen Bruder zu leben, der einen Nacht für Nacht zu Tode erschreckte.

Holden hatte es sich zur Gewohnheit gemacht, nachts neben Hannahs Bett aufzutauchen, während sie schlief. Das war so gruselig, dass Hanna im Anschluss nicht mehr einschlafen konnte.

»Mom, nicht schon wieder. Das letzte Jahr hat mir so was von gereicht«, beschwerte sie sich.

»Hannah, das Thema hatten wir doch schon. Er fühlt sich bei dir sicher, deshalb sucht er deine Nähe. Ich bitte dich, hab doch ein bisschen Verständnis für deinen Bruder.«

Hannah tauschte einen Blick mit Joe. Er vermittelte ihr mit seiner Mimik, dass sie nachgeben sollte. Mit einem entnervten Seufzen erwiderte sie also: »Aber wenn er nervt, zieht er um.«

Bis tief in die Nacht räumte die Familie ihre Habe in das große Haus. Joe verabschiedete sich noch vor dem Abendbrot, denn es war ein ungeschriebenes Gesetz für ihn, mit seiner Mutter gemeinsam zu essen. Holden wurde ins Bett gebracht und langsam kehrte etwas Ruhe ins Haus ein.

# Kapitel 2

## Das Klopfen

Es wollte sich bei Hannah einfach keine Müdigkeit einstellen. Lange hatte sie noch den verhaltenen Stimmen ihrer Eltern gelauscht, doch irgendwann waren auch sie verstummt. Bedrohlich wirkende Schatten tanzten an der Wand. Wäre Hannah jünger gewesen, hätte sie sich bestimmt gefürchtet. Der volle Mond schien direkt auf ihr Kissen, denn die Vorhänge waren zu dünn, um ihn aus dem Zimmer zu verbannen. Sie wälzte sich von einer Seite auf die andere, schlug die Decke auf und kuschelte sich wieder darin ein. Was auch immer sie versuchte, sie blieb hellwach. Hannah beschloss, sich ein Glas warme Milch zu holen.

Seit sie zurückdenken konnte, war das immer schon Edithas Geheimwaffe im Kampf gegen Schlaflosigkeit gewesen und Hannah rief sich ins Gedächtnis, dass sie sehr wirksam war.

Sie schnappte sich ihre Strickjacke von dem Kistenstapel und schlüpfte hinein. Leise schlich sie die Stufen hinunter und erschrak, als plötzlich ein lautes Knarren durch die Halle dröhnte.

Es hatte seinen Ursprung unter ihren Füßen, aber Hannah konnte sich nicht daran erinnern, dass diese Stufe jemals geknarrt hätte. Ein sicheres Zeichen dafür, dass das Alter nicht einmal vor diesem Haus haltmachte.

Genau wie in ihrem Zimmer herrschte auch hier unten das pure Chaos. Sie hatten vieles ausgepackt, dennoch stapelten sich Kisten übereinander, Kommoden und andere Möbelstücke versperrten den Weg und überall lag Holdens Spielzeug verteilt. Ganz so, als wäre eine seiner Kisten hier unten explodiert. Behutsam schlängelte sie sich zwischen dem Durcheinander hindurch, arbeitete sich leise zur Küche voran und betätigte den Lichtschalter. Hannah öffnete den Kühlschrank und musste zu ihrer Enttäuschung feststellen, dass dieser bis auf einige Marmeladengläser und ein wenig Aufschnitt leer war.

»Mist«, verschaffte sie ihrem Unmut Ausdruck und schloss die Tür wieder.

In einer Korbkiste, die auf der Arbeitsfläche stand, entdeckte sie verschiedene Teesorten. Der Wasserkocher stand direkt daneben. Hannah kramte zwischen den Teeschachteln und entschied sich für den Gute-Nacht-Tee ihrer Mutter. Eine Tasse war schnell gefunden, denn einige Kisten waren aufgerissen und gaben ihren Inhalt ungeniert preis. Sie schüttete ein wenig des Teegranulates in die Tasse und wartete darauf, dass das Wasser kochte. Währenddessen schweifte ihr Blick über die Küche. An dem massiven Eichentisch hatte sie mit Editha lange Gespräche geführt. Hannah fehlten die gemeinsamen Teestunden, die sie jeden Samstagnachmittag miteinander genossen hatten. Editha hatte ihr dann Geschichten aus ihrer Jugend erzählt und nicht selten über die große Liebe sinniert.

Und nun gehörte das alles der Vergangenheit an. Die alte Frau fehlte Hannah so sehr, dass sie das Gefühl hatte, die Welt geriete ohne Editha aus den Fugen. Das Brodeln des kochenden Wassers unterbrach ihre Gedanken. Wehmütig goss sie ihre Tasse voll. Augenblicklich stieg ein honigsüßer Duft in ihre Nase, der das leise Versprechen baldiger Entspannung in sich trug. Sie seufzte. Warum konnte sie diese extreme Sehnsucht nach Editha nicht einfach abschalten? »Du musst damit aufhören, sie ist weg und kommt nicht wieder«, rügte sie sich selbst und nippte an dem viel zu heißen Tee. »Autsch.«

Hannah fuhr mit der Zunge über die verbrühte Lippe und beschloss, sich einen Augenblick an den Tisch zu setzen, nur solange sie ihren Tee trank. Ihre Hände legte sie um die heiße Tasse und hoffte, die Wärme würde zur Müdigkeit beitragen.

Ein lautes, rhythmisches Klopfen ließ sie vor Schreck so stark zusammenfahren, dass der Tee überschwappte und sich über den Handrücken ergoss. Hastig wischte sie das heiße Nass an der Strickjacke ab und stand auf, um nachzusehen, wer sich wohl so spät an ihre Tür verirrt hatte. Erneut ertönte das Klopfen. Hannah wusste nicht, wie spät es war, aber sie erinnerte sich noch daran, dass ihre Eltern gegen Mitternacht verstummt waren. Ihrem Gefühl nach musste es etwa drei Uhr morgens sein. Wie ein Wispern huschten Ediths letzten Worte durch ihren Kopf: *»Öffne nicht die Tür!«*

Sie wusste noch genau, wie Omas Augenlider aufgesprungen waren, als sie den Schwesternruf über ihrem Kopf betätigt hatte. Ihr Blick hatte Hannah regelrecht durchbohrt. Die Lippen der talgigen Hülle ihrer Großmutter schienen etwas mitteilen zu wollen, also hatte sich Hannah zu ihr hinuntergeneigt, um ihr das Reden zu erleichtern.

Mit brechender Stimme hatte ihre Großmutter ihrer Enkelin diese Worte mit auf den Weg gegeben.

Kaum hatte Oma ausgesprochen, war ihre Hand erschlafft, der leere Blick erstarrt und ihr Kopf zur Seite gesunken. Und nun klopfte es an der Tür und Hannah war mehr als nur verunsichert. Ihr Herz schlug so heftig, dass sie es wie den Bass eines Subwoofers im Hals spürte.

Wieder ertönte das Klopfen, diesmal aufdringlicher. Ein kalter Schauer jagte über Hannahs Rücken, stellte ihre Nackenhärchen auf und entfesselte eine innere Stimme, die laut schrie: Lauf weg!

Aber, was wäre, wenn sie sich irrte? Was, wenn jemand vor der Tür stand, der dringend Hilfe benötigte? Was, wenn es Joe war? Dieser Gedanke erschreckte sie noch mehr als das Klopfen selbst. Ihm zuliebe schlich Hannah zur Tür. Lose Fäden wuselten in ihrem Kopf umher. Einige von ihnen verknüpften sich auf dem Weg zur Tür wie von selbst. Es konnte nicht Joe sein! Er hätte ihr längst eine SMS geschrieben oder sich wie vor Edithas Ableben mit kleinen Steinchen an ihrem Fenster bemerkbar gemacht. Dennoch war sie von einem Zwang getrieben, nachzusehen, wer so spät ihre Aufmerksamkeit forderte. Jeder weitere Schritt wurde schwerer als der Vorherige. Sie schluckte und beschloss, einen raschen Blick durch den Spion zu werfen. Sie atmete flach, das Herz trommelte wild gegen die Brust. Ein seltsam flaues Gefühl arbeitete sich stetig voran und endete in ihren Knien. In ihrem Hals setzte sich ein Kloß fest, den sie mühevoll hinunterschluckte. Die Handflächen auf das Türblatt links und rechts neben den Spion gelegt, brachte sie ihr Auge mit äußerster Vorsicht so weit an das kleine runde Glas, dass es dieses fast berührte, und spähte hinaus.

Zu ihrer Verwunderung konnte sie niemanden entdecken. Die Anspannung fiel wie ein schwerer Mantel von ihr ab. Sie legte die Hand auf die Brust und spürte, wie sich Herzschlag und Atmung langsam regulierten.

»Ich halluziniere, ganz einfach«, murmelte sie vor sich hin und machte sich auf den Weg nach oben. Ihr war nicht mehr nach Tee, sie wollte nur noch in ihr Bett, die Decke über den Kopf ziehen und endlich in den wohlverdienten Schlaf gleiten.

Die Tür zu ihrem Zimmer verschloss sie hinter sich und vergewisserte sich noch einmal, ob diese auch wirklich zu war. Dann kletterte sie in ihr Bett, legte sich auf die Seite und zog die Decke über die Schulter. Hannah hob die Beine an und sorgte

dafür, dass sie wie ein Murmeltier eingepackt war und nicht etwa ein Fuß herausschaute. Kurz darauf schlief sie ein.
Am nächsten Morgen wurde sie von der Türglocke aus dem Halbschlaf gerissen. Sie schlug die Decke auf und streckte sich. Der Blick auf das Handy verriet ihr, dass es viel zu früh zum Aufstehen war, gerade einmal sechs Uhr. Demnach hatte sie, wenn es hochkam, drei Stunden geschlafen. Aber Hannah war aus irgendeinem undefinierbaren Grund wach. Zwar fühlte sie sich gerädert, aber nicht in der Lage, wieder in den Schlaf zu gleiten. Außerdem wollte sie nachsehen, wer so früh zu Besuch kam. Nur langsam drängte die Erinnerung an den nächtlichen Schrecken in ihr Bewusstsein. Hastig kramte sie in den Kisten nach etwas zum Anziehen und schlüpfte in eine schwarze Jeans und ein neonfarbenes Shirt.

Von unten drangen Männerstimmen herauf, was sie antrieb, die Stufen schneller hinabzusteigen. Auf dem Weg nach unten dachte sie darüber nach, ob es klug wäre, ihren Eltern von dem Klopfen zu erzählen. Aber das würde nur für Verwirrung sorgen. So beschloss sie, dieses Erlebnis erst einmal für sich zu behalten. Sie wollte ihnen keine Angst machen und so, wie ihr Vater auf die bärtigen Brüder reagiert hatte, schien er im Moment offen für sämtliche Ängste zu sein.

»Und Sie haben nichts bemerkt?«, fragte eine dunkle Männerstimme.

Daniel antwortete: »Wie denn? Wir haben geschlafen, und als ich eine Zigarette rauchen wollte, baumelte dieses Tier vor meinem Gesicht herum.«

Hannah eilte nach unten. Sie war sich sicher, dass der nächtliche Besuch etwas damit zu tun hatte. Doch als sie die Polizisten sah, steckte sie die Sache mit dem Klopfen in eine Kiste, legte den Deckel darauf und schob sie in die hinterste Ecke ihres Bewusstseins.

»Geh wieder ins Bett«, forderte Hannahs Mom Kathrin ihre Tochter auf, als sich ihre Blicke trafen.

»Das ist Ihre Tochter?«, wollte der Polizist wissen, während er sich etwas auf seinem Block notierte.

»Ja, aber sie hat auch nichts bemerkt. Ich sagte Ihnen doch schon, dass wir geschlafen haben.«

Der Uniformierte wandte sich Hannah zu. »Das würde ich gerne von dir wissen. Hast du heute Nacht etwas Ungewöhnliches bemerkt? Vielleicht Schritte oder Stimmen?«

Hannah verschränkte die Arme vor der Brust, stellte sich zu ihren Eltern und schüttelte verneinend den Kopf.

»Wer macht sowas bloß?«, fragte Kathrin.

»Ma'am, das kann ein dummer Jungenstreich sein, oder ein Nachbar, dem es nicht gefällt, dass Sie hier einziehen«, erwiderte der Polizist, während der andere vor der offenen Eingangstür ein Seil durchschnitt, an dessen Ende etwas baumelte, das wie eine tote Katze aussah.

Daniel hob den Finger. »Ich weiß, wer das war. Diese beiden Idioten«, sagte er und fasste sich an die Stirn.

»Haben Sie Namen für uns?«

»Ja, warten Sie. Hannah«, wandte er sich hilfesuchend an seine Tochter. »Wie hießen die noch gleich? Mir liegt es auf der Zunge. Storman, Stullman, irgendwie so.«

»Strotman«, schoss es wie aus der Kanone über Hannahs Lippen.

»Richtig. Die Brüder Strotman«, bekräftigte Daniel. »Die waren es bestimmt. Gestern haben die beiden versucht, uns mit einer haarsträubenden Geschichte Angst zu machen.«

»Glauben Sie, dass die das gemacht haben, um uns zu vertreiben?«, fragte Kathrin und rieb sich den Oberarm.

Der zweite Polizist kam heran, in der Hand hielt er einen schwarzen Plastiksack, in dem das tote Tier lag. Die beiden Uniformierten wechselten rasche, aber vielsagende Blicke. Dann sagte der Wortführende: »Ma'am, solange nicht bewiesen ist, dass die Brüder Strotman hinter der toten Katze stecken, gelten sie als unschuldig.« Er kritzelte etwas auf seinem Block und fuhr fort: »Gut, wir werden dem trotzdem nachgehen.«

»Tun Sie das«, warf Daniel scharf hinterher.

»Und Sie halten sich zurück, sollten Sie auf die Strotmans treffen. Wir überprüfen Ihre Angaben.«

Hannahs Vater folgte den beiden nach draußen, zog die Tür ein Stück hinter sich zu und sah ihnen nach. Erst, als der Streifenwagen hinter der Auffahrt verschwand, ging er wieder ins Haus.

Hannah hielt es nicht mehr aus. »Dad, heute Nacht hat jemand an der Tür geklopft«, schoss es pfeilschnell über ihre Lippen.

Daniel sah sie fassungslos an. »Warum hast du das den Polizisten nicht gesagt?«

»Ich ... Es war mir entfallen. Ist noch zu früh zum Denken«, erwiderte sie.

»Schatz, hast du nachgesehen?«, wollte Kathrin wissen.

Hannah schüttelte hastig den Kopf.

»Besser so«, meinte Daniel. »Wer weiß, was die noch gemacht hätten, wenn sie reingekommen wären.«

Eine Mauer der Stille baute sich plötzlich zwischen ihnen auf. Hannah dachte darüber nach, was hätte passieren können und war froh darüber, dem Besucher nicht geöffnet zu haben. Aber irgendwie schien es ihr zu abwegig, dass die Brüder Strotman etwas damit zu tun hatten. Sie fragte sich, warum sie eine tote Katze an ihre Tür hängen sollten, wo sie doch gestern noch mit ihren Eltern gesprochen hatten. Hannah glaubte nicht, dass die beiden so unklug wären, denn der Verdacht fiel so automatisch auf die Brüder.

»Ich kümmere mich mal ums Frühstück«, sprengte Kathrin die Stille und ging in die Küche.

»Dad, sie waren es nicht«, sprach Hannah ihren Gedanken laut aus.

»Was? Wie kommst du darauf? Hast du jemanden gesehen?«

»Nein. Aber ...«

Unwirsch unterbrach Daniel seine Tochter. »Nichts aber! Hör auf, diese Leute in Schutz zu nehmen. Das sind ganz furchtbare Menschen, die mit den Ängsten anderer spielen. Du bist viel zu naiv.«

Hannah verstummte, denn sie wusste, dass es keinen Sinn machte, mit ihrem Vater zu diskutieren, dafür war er viel zu stur. Sie drehte sich um und folgte ihrer Mutter in die Küche.

»Ich fürchte, wir müssen erst einkaufen fahren«, stellte Kathrin fest und schloss den Kühlschrank wieder. »Kommst du mit?«

Ein Ausflug könnte sie auf andere Gedanken bringen. Also antwortete sie mit einem unmissverständlichen: »Klar.«

»Dann mach dich schnell fertig, wir fahren in zwanzig Minuten.«

»Ihr fahrt einkaufen?«, fragte Daniel, der gerade die Küche betrat.

Hannah setzte rasch neues Wasser auf, um wenigstens einen Tee zu trinken, ehe sie losfuhren. »Ja, Dad. Sonst müssen wir verhungern.«

Sein verdutzter Blick sprach Bände. Als er sah, dass Hannah ihre Tasse vorbereitete, fragte er: »Bekomme ich auch einen Tee?«

»Warum nicht«, erwiderte Hannah. Es klang so, als suchte ihr Vater das Gespräch mit ihr.

»Hör mal«, setzte er an.

Hannah schaltete den Wasserkocher ein und suchte in der Kiste nach dem Schwarztee, den Daniel gerne mochte.

»Ich war vielleicht ein bisschen hart zu dir.«

»Schon gut«, beschwichtigte sie ihn.

»Es war nicht meine Absicht.«

»Du willst uns nur beschützen«, stellte Hannah fest und bedachte ihn mit einem liebevollen Blick.

Daniel sah verlegen drein. »Tut mir leid.«

»Dad, es ist okay. An deiner Stelle hätte ich mich auch im Ton vergriffen.«

»Ich hab mich doch nicht im Ton vergriffen«, widersprach er mit krausgezogener Stirn.

Sie neigte den Kopf etwas zur Seite und zog die Brauen hoch. Daniel seufzte, beließ es aber dabei.

»Wir fahren zusammen. Ihr solltet euch Farben aussuchen. Ich meine, dieser Kasten hier braucht dringend einen neuen Anstrich. Im Moment habe ich keine großen Aufträge und kann mich um eure Zimmer kümmern«, beteuerte Daniel mit einem breiten Grinsen.

Er war Architekt und erfolgreich genug, dass er sich aussuchen konnte, welchen Auftrag er annahm. Es erleichterte manchmal das Familienleben, aber je älter Hannah wurde, umso mehr wünschte sie sich, ihr Dad würde einen geregelten Beruf ausüben. Weil er dauernd zu Hause war, konnte sie ihm nicht aus dem Weg gehen, wenn es mal zwischen ihnen kriselte, und das tat es in letzter Zeit immer öfter.

Hannah versuchte, ihrem Vater die Idee auszureden: »Holden schläft noch. Außerdem war es Omas letzter Wille, dass im oberen Bereich nichts verändert wird.« Eine Renovierung würde Edithas Flair aus dem Haus vertreiben. Das ging ihr alles zu schnell.

Just in diesem Moment waren Schritte auf der Treppe zu hören.

»Mom, Dad? Wo seid ihr denn nur alle?« Holdens verschlafene Stimme schallte durch das ganze Haus.

»In der Küche, Großer«, erwiderte Daniel.

Mit nackten Füßen kam Holden angetippelt. Er rieb sich den Schlaf aus den Augen und suchte die Nähe seines Vaters.

Daniel nahm den Jungen auf den Schoß und strich ihm das rote Haar zur Seite. »Na Sportsfreund, Lust auf einen Einkaufsbummel?«

Holden nickte und gähnte anschließend.

»Dad will unsere Zimmer massakrieren«, meinte Hannah und goss die beiden Teetassen mit dem brodelnden Wasser auf.

»Hey, es wird toll«, beschwerte sich Daniel und tat so, als wäre er beleidigt. Auf die Tatsache, dass Edithas Vorschriften damit vollkommen untergraben wurden, ging er gar nicht ein.

»Bekomm ich das Autobett? Bitte, bitte. Ich will das Autobett«, bettelte Holden und Hannah wusste jetzt schon, dass es keine gute Idee war, ihn mitzunehmen.

Ihr kleiner Bruder schaffte es immer wieder, seine Wünsche bei den Eltern durchzusetzen. Er bettelte so lange, bis sie nachgaben und das ging Hannah gehörig auf die Nerven. Aber viel schlimmer fand sie ihren Dad. Wenn es sich um Inneneinrichtung handelte, verfiel er jedes Mal in einen regelrechten Kaufrausch.

# Kapitel 3

## Eine geheime Tür

Nach einer anstrengenden Shoppingtour wollte Hannah nur noch entspannen.
Aber ihr Dad hatte andere Vorstellungen. »Du kannst jetzt nicht ins Zimmer. Es ist klüger, erst zu streichen und dann weiter auszupacken.«

Was? Das konnte er doch nicht ernst meinen. Auf diese ganze Renoviererei hatte sie eh keine Lust und nun bestimmte ihr Dad einfach so, wann sie was zu tun hatte. »Ich kann aber nicht mehr. Meine Füße brennen und ich will meine Ruhe.«

Ehe Hannah auch nur den Schimmer einer Gelegenheit erhielt, ihr Zimmer für sich zu beanspruchen, fiel ihr Holden freudestrahlend ins Wort: »Baust du gleich mein Autobett auf?«

»Erst streichen. Das Bett bauen wir morgen auf«, bremste ihn Daniel aus.

Seine Mundwinkel sanken hinab und er schob die Unterlippe hervor. Jeden Augenblick würde der Kleine zu weinen anfangen.

Deshalb wollte Hannah etwas sagen, aber ihr Dad kam ihr zuvor. »Wenn alle mit anpacken, schaffen wir das Bett vielleicht noch heute Abend.« Damit zauberte er seinem Sohn ein breites Grinsen ins Gesicht.

Holden sprang vor Freude auf der Stelle herum, aber Hannah fand das gar nicht witzig.

»Ich wollte mich mit Joe treffen«, schob sie ein.

»Du kannst ihn doch anrufen. Wenn er mithilft, sind wir im Nu fertig«, schlug ihr Vater vor.

Hannah ärgerte sich, dass er bei ihr nicht einfach so nachgeben konnte, wie bei Holden. Weil sie wusste, dass er keine Ruhe geben würde, bis das Haus in neuem Glanz erstrahlte, nahm sie seinen Vorschlag missmutig an.

Joe fand die Idee großartig. Er beteuerte immer wieder, dass es ihm nichts ausmachte, beim Renovieren zu helfen, und brachte triftige Gründe vor, warum es besser war, nicht zu Hause zu sein.

»Meine Mutter lässt mal wieder die Hexe raushängen. Drüben stinkt alles nach totem Hund«, klärte er die Goodmans auf.

»Hat sie etwa einen geopfert?«, scherzte Hannah und konnte sich ein Grinsen nicht verkneifen. Oft genug war sie bei ihm zu Hause gewesen, wenn seine Mom die bösen Geister aus den Räumen vertrieb. Das Zeug, das sie dabei anzündete, roch so erbärmlich, dass es nicht nur Geister vertrieb, sondern auch die Lebenden. Aber das war nicht das Schlimmste.

Mrs. Strawer zündete jeden Tag so viele Kerzen im Haus an, dass es sich anfühlte, als würde man Feuer atmen. In einem Streit mit seiner Mom hatte Joe einmal behauptet, sie würde durch den Sauerstoffmangel halluzinieren und es gäbe überhaupt keine Geister. Danach hatte er die Bibel dreimal lesen müssen – von vorne bis zum Schluss und dann wieder von vorne. Nicht, weil er so gottesfürchtig war, sondern weil sein Mund die Angewohnheit besaß, schneller zu sein als sein Verstand.

Daniel musterte den Jungen skeptisch, sagte aber nichts.

Joe hingegen sah sich offenbar gezwungen, für Aufklärung zu sorgen. »Sie räuchert die Bude mit irgend so einem bescheuerten Kraut. Salbei, glaube ich. Das stinkt scheußlich.« Sein Blick wanderte zu Hannah. »Du hast letztes Mal fast gekotzt.«

Hannah schmunzelte. »Schon gut. Wollte dich nur auf den Arm nehmen.«

Allem Anschein nach fand Joe das nicht gerade witzig und verpasste Hannah einen Seitenhieb mit dem Ellenbogen. Beinahe wäre ihr die Farbenrolle aus der Hand gefallen. Während Hannah und Joe die letzte Wand von Holdens Kinderzimmer in einem hellen Mintgrün strichen, malte Daniel bereits einen lebensgroßen Spiderman an die Bettseite.

»Wo haben Sie das gelernt? Das ist der absolute Wahnsinn!«

»Das war schon immer da, ich habe nur mit den Jahren daran gefeilt. Hannah hat dieses Talent geerbt«, erwiderte er.

Mit übertrieben großen Augen wandte sich Joe an seine Freundin. »Echt? Du kannst malen?«

»Ich? Niemals. Also so wie Dad auf keinen Fall. Bei mir sieht das immer aus wie die Kritzeleien eines Kleinkinds«, erwiderte Hannah.

»Glaub ihr kein Wort. Lass dir lieber ihre Zeichnungen zeigen, wenn wir hier fertig sind«, mischte sich Daniel erneut ein.

Hannah fühlte sich bloßgestellt und wollte das Thema am liebsten fallenlassen, aber Joe hatte offensichtlich Blut geleckt.

»Jetzt bin ich neugierig.«

»Boah«, entfuhr es ihr. »Können wir jetzt bitte hier weitermachen und aufhören, über Dinge zu reden, die nicht existieren? Ich habe das Talent eines Nashorns.«

Eine Weile herrschte Stille nach Hannahs Aussage. Joe tauchte die Farbrolle in den Eimer und hielt inne. »Ich kann immer noch nicht fassen, dass du jetzt direkt neben mir wohnst.«

»Hm«, war alles, was sie dazu zu sagen hatte. Es fiel Hannah nicht leicht, an die Umstände zu denken, die dazu geführt hatten. Viel lieber wäre sie nur zu Besuch bei ihrer Oma. Gedankenverloren nahm sie neue Farbe auf und schloss die letzte Lücke an der Wand. »Fertig!«

»Super, dann gleich weiter mit deinem Zimmer«, erwiderte Daniel.

Eigentlich wollte sie in Edithas Reich nichts verändern. Sie startete einen Versuch, weiteren Malerarbeiten zu entkommen. »Dad, reicht das nicht für heute?«

Doch Daniel schien unerbittlich. »Je schneller wir damit fertig sind, umso früher kann das normale Leben wieder beginnen.«

Normal? Ohne ihre Oma gab es für Hannah kein normales Leben. Sie ärgerte sich darüber, dass es offenbar in der ganzen Familie nur ihr so ging.

Übellaunig legte Hannah die Rolle auf das Malerfließ und ging in ihr Zimmer, dicht gefolgt von Joe.

»Er hat recht«, meinte er und fing sich einen strafenden Blick ein.

»Jetzt fall du mir auch noch in den Rücken«, erwiderte sie und ging in die Hocke, um den Farbeimer zu öffnen.

Obwohl Hannah alles versucht hatte, die Renovierung zu verhindern, ließ sich Daniel nicht davon abbringen. Sie musste sich dem Willen ihres Vaters beugen, sonst würde er ihr Zimmer womöglich unter Eigenregie in ein Barbie-Reich verwandeln. Um dieser Katastrophe zu entgehen, hatte sie sich widerwillig ein zartes Fliederblau ausgesucht, dazu eine Mustertapete mit großen, lilafarbenen Ornamenten. Sie fassten sich wie Samt an, das gefiel ihr. Vor allem mochte sie den Kontrast zu dem weißen Untergrund. Obwohl sie wenig Lust dazu hatte, die Wände zu verändern, denn damit radierte sie Stück für Stück Editha aus dem Zimmer.

»Ich frage mich, wann er tapezieren will. Das schafft er nicht alles heute.«

»Hey, unterschätz deinen Dad nicht. Für Holdens Zimmer haben wir gerade mal zwei Stunden gebraucht.«

Sie stand auf und blickte Joe misstrauisch an. »Sag mal, bist du verknallt?«

»Was?« Seine Miene war schlagartig von Entsetzen erfüllt. »Wieso sollte ich verknallt sein?«

»Ich meine ja nur. So, wie du von meinem Dad schwärmst, könnte man meinen, du willst ihm einen Antrag machen.«

Mit offenem Mund stand er nur da und sah sie durchdringend an. Wie es aussah, hatte er mit solch einer Anspielung im Leben nicht gerechnet. Er raunte etwas, das Hannah nicht verstehen konnte, weil es so leise und undeutlich war, dass sie glaubte, er versuche, sich selbst auf den Boden zurückzuholen. Sie kannte ihn gut und erkannte mit nur einem Blick in sein verdutztes Gesicht, dass er angestrengt nach den passenden Worten suchte, um ihr etwas Vergleichbares entgegenzuschmettern. Umso verwunderter war sie, als er lediglich den Kopf schüttelte. Er schnappte sich das breite Kreppband und begann wortlos die Kanten abzukleben.

Dann eben nicht, dachte Hannah und deckte das Bett mit einer großen Folie ab, um es vor Farbspritzern zu schützen. Sie tauchte die Rolle einige Male in die Farbe, rollte sie am Gitter ab und begann an der bereits abgeklebten Seite zu streichen.

Nach einer Weile des Schweigens betrat Kathrin das Zimmer. Sie trug zwei Teller herein, auf denen einige Schnittchen aufeinandergestapelt lagen. »Ihr müsst am Verhungern sein.«

»Wow, Mrs. Goodman. Das sieht fantastisch aus«, bemerkte Joe und warf in Hannah die Frage auf, wann genau er sich in so einen Schleimer verwandelt hatte.

»Das sind nur Schnittchen«, platzte es im Beisein ihrer Mom aus ihr heraus.

Die knisternde Luft zwischen ihnen war Kathrin offenbar nicht entgangen. Sie hielt die Luft einige Sekunden an und widmete sich der gestrichenen Wand. »Das sieht gut aus. Wenn ihr so weitermacht, ist der Ausnahmezustand bald vorbei.«

»Ist noch was? Wir würden gerne fertig werden«, zischte Hannah und nahm ihrer Mutter die Teller ab, um sie auf der Kommode zu platzieren.

»Schon gut, ich will nicht weiter stören«, lenkte Kathrin ein und verließ das Zimmer.

»Warum bist du so zu ihr?« Joe sah sie an, als hätte sie ihre Mom auf ein Folterrad gespannt.

»Sie hat Oma nicht gemocht. Das war nicht fair. Und jetzt tut sie, als wäre immer alles in Ordnung gewesen. Vor Omas Tod wollte sie das Haus nicht betreten, wenn sie mich hier abgesetzt hat«, erwiderte Hannah.

»Vielleicht haben sie sich gestritten. Ganz ehrlich – du machst es doch genauso«, warf er ihr vor.

Hannah japste nach Luft.

Sie wollte gerade etwas sagen, als Joe nachsetzte. »Vielleicht hat deine Oma irgendwas gemacht, wovor sie dich nur schützen wollte. Eltern sind so, glaub mir.«

Eingeschnappt drehte sie sich um und widmete sich wieder der stummen Wand. Sie trug die Farbe mit solch einer Wut auf, dass sie im Nu fertig war. Genau in der Mitte bemerkte sie eine wellige Stelle, die an der Fußbodenleiste begann und Hannah ungefähr bis zur Brust ging. Vorsichtig berührte sie die feuchte Tapete. Unter den Wellen ertastete Hannah Kanten, die schlagartig ihre Neugier weckten und den Unmut wie eine Wolke giftigen Gases verpuffen ließen. »Scheiße, was ist das?«

»Warte mal, unsere Häuser sind baugleich«, stellte Joe fest. »Nur, dass deine Oma den Eingangsbereich erweitert hat. Aber die Zimmer hat sie nicht verändert.«

Hannah sah ihn erwartungsvoll an.

»Demnach wäre das hier Moms Schlafzimmer. Und wenn ich jetzt nichts verdrehe, dann müsste genau da eine kleine Kammer sein.«

Eine Kammer bedeutete Stauraum und Hannah erinnerte sich noch gut daran, dass Editha keinen noch so kleinen Winkel im Haus verschwendete. »Bist du sicher?«, vergewisserte sie sich.

Er nickte. »Die Frage ist nur, warum die unter der Tapete versteckt ist.«

»Was ist das?«, ertönte Daniels Stimme. Er stellte den Tapeziertisch ab und gesellte sich zu den beiden.

»Dahinter müsste eine Kammer sein«, klärte ihn Joe auf.

»Woher weißt du das?«

»Dad, ist dir noch nie aufgefallen, dass hier die Häuser alle baugleich sind«, sagte Hannah vorwurfsvoll und verdrehte die Augen.

»Wir öffnen sie«, schlug Daniel vor, aber eine innere Stimme meldete sich in Hannah. Da waren sie wieder, Edithas letzten Worte.

»Auf keinen Fall«, rief sie erschrocken. »Oma wird schon ihre Gründe gehabt haben, die Tür zu verstecken.«

Sowohl Joe als auch ihr Vater blickten sie fragend an.

»Vielleicht war Oma die Kammer einfach nur unheimlich. Ich will sie nicht öffnen«, verdeutlichte sie ihren Standpunkt.

Joe ging mit der Nase ganz nah heran und schnupperte an der Tapete. »Also eine Leiche vermodert da nicht drin«, stellte er fest und kassierte einen heftigen Kniff von Hannah. »Au!«

»Lass das. Ich muss hier schlafen. Allein. Nachts. Wenn es dunkel ist.«

»Streitet euch nicht! Wenn Hannah die Kammer nicht öffnen will, bleibt sie zu«, unterbrach Daniel und stemmte die Hände in die Hüften. Er ließ seinen Blick über die Wände schweifen und überlegte kurz. Dann griff er nach Edithas Bild, das einsam an einer ungestrichenen Wand hing, und nahm es ab. »Deine Oma war schon ein echtes Wunder«, murmelte er und betrachtete das gerahmte Foto in seinen Händen. »In ihrem Inneren ist sie nie älter als zwanzig geworden. Aber der Tod lässt sich nicht austricksen.«

Das war *die* Gelegenheit, ihn über ihre Mom auszuquetschen. »Was lief da zwischen Mom und Oma?« Hannah ließ ihre Frage so beiläufig wie nur möglich klingen, um nicht zu riskieren, ihre Beweggründe offenlegen zu müssen. Ihr Dad könnte sonst misstrauisch werden und sie und ihre Mom an einen Tisch setzen. Dazu war Hannah nicht bereit.

Er presste die Lippen aufeinander, seufzte und legte das Bild auf die Kommode neben den Teller, schnappte sich ein Schnittchen und betrachtete es, als fände er die Antwort zwischen Brot und Belag.

»Dad?«

»Das musst du sie selbst fragen«, erwiderte er, schob sich das Schnittchen in den Mund und kaute genüsslich darauf herum. Dann schenkte er ohne ein weiteres Wort all seine Aufmerksamkeit dem Tapeziertisch.

Aber Hannah wollte ihm diese Flucht nicht durchgehen lassen und hakte nach. »Weil?«

Daniel reagierte nicht, baute den Tisch auf und hob eine Tapetenrolle vom Boden.

»Weil du es nicht weißt oder weil du es mir nicht sagen willst?«, setzte sie nach.

»Keine Ahnung. Du warst noch nicht auf der Welt, als sie eines Tages wutentbrannt von ihrer Mutter kam. Sie hatten sich wohl gestritten. Aber deine Mutter hat nie mit mir darüber geredet«, antwortete er.

Hannah zog den Wahrheitsgehalt seiner Worte in Zweifel. Sie legte einen durchdringenden Blick auf und war sich sicher, dass er ihn spürte, auch wenn er sie nicht ansah.

Einen winzigen Augenblick spähte er zu ihr rüber, der wohl genügte, um sein Gewissen zu erreichen. Er wandte sich ihr zu. »Außerdem spielt das doch keine Rolle mehr. Du solltest die Sache ruhen lassen. Was auch immer du rausfinden würdest, deine Oma könnte sich nicht verteidigen. Möglicherweise täte man ihr Unrecht.«

Ruhen lassen wollte Hannah jetzt erst recht nichts. Ihre Mutter schwieg sich aus und ihr Vater redete um den heißen Brei herum, aber sie konnte sich nicht erklären, warum sie das taten. Es sei denn, es ging um etwas Unaussprechliches.

Es dauerte nicht mehr lange, da erstrahlten drei Wände in fliederblau. Die Wand mit der Tür war mit der Ornamenttapete geschmückt. So war die Kammer sicher vor fremdem Zugriff.

Hannah hatte sich in Schweigen gehüllt, denn sie hing ihren eigenen Gedanken nach. Sie versuchte, sich an irgendetwas zu erinnern, was Editha vielleicht einmal gesagt hatte – irgendein Hinweis auf ein schreckliches Familiengeheimnis. Doch so sehr sie sich auch anstrengte, ihr kamen nur die schönen Momente mit ihrer Oma in den Sinn.

Am Abend fühlte sie sich wie erschlagen. Obgleich Hannah ihren Vater mit einem Sklaventreiber verglich, erfüllte sie das Resultat ihrer Arbeit mit Zufriedenheit. Mit vereinten Kräften hatten sie zwei Zimmer weitestgehend renoviert, einige Kisten ausgepackt und Geschirr und Töpfe in die Küchenschränke eingeräumt. Langsam lichtete sich das Chaos. Hannah wollte nichts weiter, als sich einfach zurücklehnen und nichts mehr tun. Ihr taten die Füße weh, sie hatte Hunger und benötigte dringend ein Bad. Obwohl sie reichlich Lebensmittel eingekauft hatten, beschloss Kathrin, lieber Essen beim Lieferdienst zu bestellen. Während sie am Tisch saßen und darauf warteten, endlich die hungrigen Bestien in ihren Mägen zu besänftigen, arbeitete sich ein leises Kratzen durch die Stille. Augenblicklich erstarrte Hannah. Langsam drehte sie ihren Blick zu Joe, der aussah, als hätte er einen Geist gesehen. »Mist, so spät schon«, vermeldete er plötzlich.

Hannah beschlich das Gefühl, dass dies nur ein Vorwand war, weil das Geräusch ihn gruselte.

»Ich muss rüber. Meine Mom wartet bestimmt schon mit dem Essen auf mich.«

Daniel blähte die Wangen und schüttelte den Kopf, um daraufhin verständnisvoll zu nicken. Manchmal dachte Hannah, er würde absichtlich die unpassendsten Gesten kreieren, nur um alle zu verwirren.

»Grüß deine Mutter. Vielleicht hat sie ja Lust, morgen auf einen Kaffee vorbeizukommen«, gab Daniel ihm mit auf den Weg.

Joe schwieg einen Augenblick und verhielt sich, als wäre die Zeit eingefroren. Schließlich erwiderte er: »Ich glaube nicht, dass sie das Haus betreten möchte. Aber danke für die Einladung.«

Er hatte es plötzlich sehr eilig. Hannah beobachtete, wie er die Küche verließ, und hörte die Eingangstür ins Schloss fallen.

»Was hat er denn?«, fragte Kathrin verwundert.

»Keine Ahnung. Liegt wohl an seiner Mutter, die ist komisch«, klärte Hannah sie auf und erschrak, als das Kratzen unvermittelt so laut zu hören war, dass es schien, als käme es aus den Küchenschränken.

Daniel verzog das Gesicht. »Ratten. Ich lasse gleich morgen früh einen Kammerjäger kommen.«

Für Hannah klang das gar nicht nach Rattenfüßen. Ratten würden tapsende Geräusche verursachen, mal etwas umwerfen und manchmal fiepsen. Das hier aber klang ganz so, als wäre jemand in den Wänden gefangen, der verzweifelt versuchte, sich zu befreien.

# Kapitel 4

## Schlafwandeln

Eine seltsame Ahnung erfüllte Hannah im Halbschlaf. Sie drehte sich auf die Seite und fühlte sich plötzlich beobachtet. Und dann setzte auch noch ein schweres Atmen ein, das ihre Lider sofort aufspringen ließ. In der Dunkelheit erkannte sie einen Schatten. Schlagartig straffte sich jede Faser ihres Körpers. Hannah hielt den Atem an und blinzelte, um ihre Augen dem fehlenden Licht anzupassen. Da erkannte sie den Umriss eines Kindes. Erleichtert atmete sie auf.

»Holden.« Es war nicht das erste Mal, dass er ihr mit seinem Schlafwandeln einen gehörigen Schrecken einjagte.

Sie schlug die Decke auf, drehte sich zur Bettkante und drückte sich aus der Matratze. Im

Zimmer war es kalt. Fröstelnd rieb sich Hannah die Gänsehaut von den Armen und schritt leise zu Holden, der noch immer vor dem Bettende seiner Schwester stand und ins Leere starrte.

Doch sie hatte ihn noch nicht erreicht, da drehte sich der Junge um und hielt mit monoton schlurfenden Schritten auf die frisch tapezierte Wand zu. Erst, als er mit den Zehen an die Fußleiste stieß, blieb er stehen. Hannah schlich hinterher und legte ihre Hände auf Holdens Schultern, um ihn mit sanfter Bestimmtheit zur Umkehr zu bewegen. Doch er stand wie festgewachsen da. Statt sich umzudrehen, neigte er sich der Wand zu und legte sein Ohr darauf, dann drehte er den Kopf und presste die Stirn dagegen.

»Holden«, sprach sie ihn vorsichtig an. Er war schon oft im Schlaf umhergewandelt. Meistens hatte er sich in Hannahs Zimmer verirrt und stand einfach nur so da. In solchen Situationen genügte es immer, ihn sanft in die richtige Richtung zu lenken und zurück in sein Bett zu begleiten. Doch dieses Verhalten war neu. Der Junge klebte regelrecht an der Wand. Hannah versuchte, ihre Hand zwischen Holdens Stirn und die Stelle zu schieben, doch er war wie verwachsen damit.

»Du musst ihn befreien«, wisperte er plötzlich.

Ein kalter Schauer jagte über Hannahs Rücken. Noch nie zuvor hatte er während des Schlafwandelns geredet. Sie drehte sich sofort um und eilte ins Schlafzimmer der Eltern. Ohne anzuklopfen, stürmte Hannah hinein und hielt auf das elterliche Bett zu.

»Mom«, rief sie.

Kathrin regte sich. »Mom, du musst kommen«, setzte sie nach.

Ihre Mutter stöhnte leise. »Was ist los?«

»Mom, schnell. Mit Holden stimmt etwas nicht«, drängte sie.

Unverzüglich riss Kathrin die Decke vom Leib, stand auf und schob Hannah hinaus vor die Tür. Sie hielt auf Holdens Zimmer zu, aber Hannah packte ihren Arm.

»Nein, er ist bei mir«, sagte sie. »Er verhält sich ganz komisch.«

Kathrin seufzte. »Kann es sein, dass er nur wieder schlafwandelt?«

»Nein, Mom, das ist anders.«

Vor Hannahs Zimmer war wieder das Kratzen vom Abend zu hören. Diesmal schien es direkt aus dem Raum zu kommen. Hannah blieb abrupt stehen und hielt ihre Mutter am Arm fest.

»Warte. Hörst du das?«, vergewisserte sie sich leise.

Kathrin nickte. »Das Kratzen. Unglaublich, dass sich die Ratten sogar in die Zimmer vorwagen«, erwiderte sie nüchtern und befreite sich mit einer raschen Drehbewegung aus dem Griff ihrer Tochter.

Doch Hannah war nicht wohl dabei, das Zimmer zu betreten, so schlich sie langsam voran und blieb davor stehen. Sie sah zu, wie ihre Mutter ebenfalls erfolglos versuchte, Holden von der Wand zu lösen.

»Mach das Licht an«, sagte Kathrin.

Hannah tastete an der Wand nach dem Lichtschalter.

In dem hellen Schein erkannte sie, woher das Kratzen kam. Holden hatte ein großes Stück der Tapete abgezogen, während er alleine in ihrem Zimmer war.

»Scheiße, Holden!«, rief sie wütend.

Kathrin warf ihr einen rügenden Blick zu. »Hol deinen Vater«, warf sie ihrer Tochter schroff entgegen.

Hannah begriff den Ernst der Lage. So schnell sie konnte, eilte sie ins Elternschlafzimmer und weckte ihren Dad ziemlich unsanft.

»Du musst sofort kommen. Holden, er ist völlig weggetreten«, schrie sie ihn an und spürte den Herzschlag in ihrer Kehle poltern.

Daniels Lider sprangen auf, er blickte seine Tochter entsetzt an. Dann sprang er aus dem Bett und eilte hinaus. Hannah folgte ihm, traute sich aber nicht ins Zimmer, denn eine innere Stimme warnte sie, dieses zu betreten. So blieb sie davor stehen und beobachtete, wie nun beide Elternteile versuchten, ihren Bruder von der Wand zu lösen. Doch Holden kratzte noch immer an der Tapete. Seine kleinen Finger waren blutig, was ihn nicht daran hinderte, weiterzumachen. Er schien es gar nicht zu bemerken. Daniel packte den Jungen an den Schultern und riss ihn mit einem beherzten Ruck von der Wand. Dabei verlor er das Gleichgewicht und fiel rücklings zu Boden. Holden hielt er fest. Der Junge lag auf seinem Vater und stand wieder auf, drehte sich zu seiner Mutter und sagte: »Er ist gefangen.«

»Wer, Schatz? Wer ist gefangen?«, fragte Kathrin mit bebender Stimme, aber Holden antwortete nicht, wandte sich zum Gehen um und hielt auf Hannah zu, die bei dem Anblick seiner Augen erstarrte. Er sah sie mit ausdruckslosen Augen an, ohne Pupille, ohne Iris, weiß wie Schnee. Sie schluckte und wollte sich zurückziehen, aber Holden sprach auch sie an. »Du musst ihn befreien.«

Kaum ausgesprochen, verlor er das Bewusstsein und sackte in sich zusammen.

Hannah schlotterte am ganzen Körper. Sie konnte kaum atmen und blickte zu ihrer Mutter hinüber, die in Tränen ausbrach, während Daniel zu seinem Sohn eilte und den erschlafften Leib aufhob.

»Daddy«, ertönte Holdens zartes Stimmchen. Nur langsam kam er wieder zu sich.

Als hätte die Stimme ihres Sohnes bei Kathrin einen Schalter umgelegt, erlangte sie sofort ihre Fassung zurück und hastete ihrem Mann hinterher, der mit Holden das Kinderzimmer betrat.

Hannah hingegen ging in ihr Zimmer, das nun nicht mehr so kalt war wie zuvor. Sie betrachtete die zerstörte Tapete und fuhr vorsichtig an dem darunterliegenden Holz entlang. Es fühlte sich seltsam an, eine tiefe Sehnsucht ergriff sie, den Rest der Tapete auch noch abzuziehen. Doch sie beherrschte sich. Stattdessen ging sie zu ihren Kisten und kramte ein Poster heraus, hinter dem sie die Zerstörung verbarg. Die Gruppe Evanescence hatte sie schon vor so mancher Torheit bewahrt, da erschien es Hannah nur richtig, genau dieses Poster zu wählen.

Zermürbt aber wach schaltete sie das Licht wieder aus und tastete sich ins Bett zurück. Trotz der Erschöpfung kam sie einfach nicht zur Ruhe, wälzte sich von einer Seite zur anderen und warf einen Blick auf ihr Handy. Es war kurz nach drei Uhr und Hannahs Gedanken kreisten noch immer um Holden. Sein seltsames Verhalten bereitete ihr große Sorge. Ein bisschen ärgerte sie sich über den unterbrochenen Schlaf, doch sie konnte ihm nicht böse sein. Irgendetwas stimmte nicht mit ihm. Früher hätte sie ihn manchmal gerne gefesselt und geknebelt, doch im Moment hatte sie einfach nur Angst um ihn.

Ein Klopfen ließ sie aufschrecken. Erst dachte sie,dass Holden erneut aus seinem Bett gekommen war, aber dann erinnerte sie sich an die erste Nacht, in der ebensolches Klopfen ertönt war. Diesmal würde sie die Brüder Strotman in flagranti ertappen. Also schnappte sie sich ihre Strickjacke vom unteren Bettpfosten und eilte die Stufen hinunter. Ein weiteres Klopfen ertönte. Mitten auf der Treppe überlegte sie kurz, ob es nicht besser wäre, die Eltern zu wecken. Aber dann fiel ihr ein, dass die Besucher letzte Nacht auch schnell wieder verschwunden waren. So nahm sie immer gleich zwei Stufen und ließ die Treppe rasch hinter sich. Zielstrebig hielt Hannah auf die Tür zu, entriegelte sie, ohne einen Blick durch den Spion zu werfen, und riss sie auf.

Erstarrt blickte Hannah auf zwei Kinder, deren Augen von einem tiefen Schwarz erfüllt waren. Ihre Augenränder waren so dunkel, dass sie nicht genau erkennen konnte, wo sich die Lider abgrenzten. Hannahs Herz trommelte wild, Adrenalin flutete ihren Körper. Der Anblick ließ sie erschaudern. Eine innere Stimme schrie Hannah an, sie sollte wegrennen, aber eine andere, und diese war lauter, wollte, dass sie die Tür verbarrikadierte. Sie wollte, dass Hannah die Kinder aussperrte und ihnen keine Gelegenheit gab, ins Haus einzudringen.

Trotz der Stimmen, trotz ihrer Angst betrachtete Hannah die beiden. Sie waren etwa gleichgroß, nicht älter als Holden und leichenblass. Das Mädchen hatte lockiges rabenschwarzes Haar, das des Jungen war glatt, aber ebenso schwarz. In ihren Gesichtern lag etwas, das Hannah wie die Verheißung der Hölle erschien. Sie strahlten eine Kälte aus, die Hannahs Seele berührte.

»Geht nach Hause, so spät sollten Kinder nicht mehr draußen sein«, forderte sie mit all dem Mut, den sie aufbringen konnte, um ihre Stimme fest klingen zu lassen. Dabei bebte ihr Innerstes vor Angst. Gerade, als sie die Tür wieder zuwerfen wollte, spürte sie einen Widerstand. Ihr Blick wanderte nach unten. Das Mädchen hatte seinen Fuß in die Tür gestellt und verhinderte so, dass Hannah sie schließen konnte.

»Lass uns bitte rein«, erklang die monotone Stimme des Jungen, dessen Lippen sich nicht bewegten.

»Verschwindet!«, fuhr Hannah die Kinder angsterfüllt an.

»Bitte, lass uns rein«, flehte nun auch das Mädchen.

»Hannah? Bist du das?«, hörte sie den erlösenden Klang der Worte ihres Vaters.

Im selben Augenblick ließ der Widerstand nach und die Tür fiel ins Schloss. Hannah erschrak. Sie verriegelte das Schloss mit zwei Umdrehungen, damit es auch ja verschlossen war, und rüttelte an der Klinke.

»Was machst du da?«, fragte Daniel, der träge die Stufen hinabstieg.

Kaum in der Lage, einen klaren Gedanken zu fassen, brachte sie ihr Auge so nah an den Spion heran, dass sie einen prüfenden Blick auf die Kinder werfen konnte. Allerdings musste sie erstaunt feststellen, dass niemand auf der anderen Seite zu sehen war. Entweder waren sie schleunigst verschwunden, als sie ihren Dad gehört hatten, oder aber Hannahs Kopf hatte ihr einen gemeinen Streich gespielt.

»Hannah«, rief Daniel nun mit Nachdruck.

Sie drehte sich auf dem Absatz um. »Ich habe wirklich keine Ahnung, was hier los ist. Aber da waren eben noch zwei unheimliche Kinder, die rein wollten.«

Er sah seine Tochter mit einem kritischen Blick an. »Und, wo sind die beiden jetzt?«

Als er direkt auf die Tür zuhielt, um selbst nachzusehen, stellte sich Hannah ihm mit zitternden Knien in den Weg. »Das solltest du nicht tun.«

Das hielt ihn allerdings nicht auf. Er packte ihre Schultern und schob sie wie einen Gegenstand zur Seite. Als hätte er sie mit Blitzzement übergossen, erstarrte Hannah. Doch ihr Innerstes bebte noch immer und jagte Adrenalinstöße durch ihren Körper, denen die Starre nicht gänzlich standhalten konnte. Wie in Zeitlupe schlich sie einige Schritte zurück und presste gerade so ein letztes Flehen hervor: »Dad, bitte. Mit denen stimmt was nicht.«

Warum hörte er nur nicht auf sie? Vor ihrem inneren Auge zeichnete sich das Höllentor hinter der Tür ab.

Daniel schien nichts von alledem zu bemerken. Zielstrebig entriegelte er das Schloss und öffnete mit einem Ruck die Tür.

Zu Hannahs Erleichterung gähnte die Nacht herein. Von den Besuchern fehlte jegliche Spur.

Mit einer Hand an der Türklinke drehte er sich ihr zu. In seinem Blick erkannte sie einen winzigen Hauch von Sorge, aber die galt offensichtlich nicht dem, was da draußen lauern könnte, sondern Hannah. »Was machst du eigentlich mitten in der Nacht hier unten?«

»Da war dieses Klopfen. Ich dachte, dass die Strotmans wieder da sind, und wollte sie dabei erwischen, wie sie vielleicht wieder eine tote Katze an unserem Vordach anbringen. Aber dann ...«

Er trat hinaus und blickte sich um. Hannah war nicht wohl dabei. Sie rieb sich die Gänsehaut vom Arm und behielt ihren Dad im Auge. Je länger er da draußen war, umso fester zog sich eine Schlinge um ihren Hals, die ihr das Atmen erschwerte. Erst, als er sich dazu entschied, wieder ins Haus zu kommen, lockerte sich auch die Schlinge. Nachdem er die Tür wieder fest verschlossen hatte, legte er seinen Arm um ihre Schultern und entfernte sich mit Hannah von der Tür. Jeder Schritt, den sie gemeinsam taten, löste die Anspannung ein wenig mehr.

An der Treppe blieb er abrupt stehen und sah sie ernst an. »Da sind keine Kinder. Und das mit den Strotmans ist viel zu gefährlich. Lass das die Polizei machen. Ich glaube nicht, dass die sich noch mal trauen, nachdem die Polizei gestern bei ihnen aufgeschlagen ist.«

Hannah senkte den Blick. Sie hasste es, wenn ihr Vater sie behandelte, als wäre sie ein kleines Mädchen. Das war sie schon längst nicht mehr.

»Und jetzt ins Bett. Wir nehmen uns morgen das Wohnzimmer vor. Das ganze Zeug von Editha muss raus.«

»Was?« Hannah war entsetzt, dass ihr Vater ihrer Großmutter keinerlei Respekt entgegenbrachte. »Das kannst du nicht ernst meinen. Das sind Omas Sachen«, beschwerte sie sich.

Er fuhr sich über die Stirn. »Ich will jetzt nicht diskutieren. Geh schlafen.«

Wut kochte in Hannah auf. Sie hätte etwas entgegengesetzt, aber aus Erfahrung wusste sie, dass solche emotionalen Gespräche mit ihrem Vater nichts brachten. Stattdessen schluckte sie die Worte hinunter, die sie ihm liebend gerne an den Kopf geworfen hätte. Trotzig stapfte sie die Stufen zu ihrem Zimmer hinauf, legte sich ins Bett und zog die Decke über die Schulter. Es fühlte sich plötzlich falsch an, in Edithas Bett zu schlafen.

Ihr Blick glitt vorsichtig zu dem Poster, das im Halbdunkel gerade so zu erahnen war. So sehr sie auch versuchte, nicht daran zu denken, was sich dahinter verbarg, tauchte immer wieder die zerrissene Tapete in ihrem Kopf auf. Das Zimmer hatte seinen Reiz eingebüßt und wirkte nun unheimlich.

Der Gedanke daran, Omas Hab und Gut aus dem Haus zu schaffen, schmerzte und machte ihr gleichermaßen Angst. Sie dachte daran, was ihre Editha wohl davon gehalten hätte. Tränen rannen über ihr Gesicht und sie schluchzte leise. Bilder von ihrer Oma jagten durch Hannahs Kopf. Irgendwann schlief sie mit ihnen ein.

# Kapitel 5

## Unsichtbare Mächte

»Wo ist denn der verdammte Autoschlüssel?«, fluchte Daniel. Er hatte das halbe Haus auf den Kopf gestellt, vergeblich.

Hannah musste schmunzeln, selten hatte sie ihren Vater so unorganisiert erlebt. Normalerweise wusste er immer, wo er etwas hingelegt hatte.

»Wo hattest du ihn denn zuletzt?«, fragte Kathrin, die sein Tun mit in die Hüften gestemmten Armen beobachtete.

»Da, wo ich ihn immer hinlege. In der Schale auf der Flurkonsole. Aber da ist er nicht mehr«, beschwerte er sich und blickte Kathrin mürrisch hinterher, als sie in den Flur lief, um sich davon zu überzeugen, dass der Schlüssel tatsächlich nicht in der Schale lag. »Der ist da nicht«, zischte er.

Kathrin reagierte mit einem Schmunzeln und hob den Autoschlüssel aus besagter Schale. Verwirrt starrte er seine Frau an.

»Er war da wirklich nicht«, bekräftigte Daniel, ging auf sie zu und nahm den Schlüssel an sich. Kopfschüttelnd untersuchte er die Kommodenfläche und tastete die Kanten ab. Da er nichts finden konnte, was zur Aufklärung dieses Rätsels beitragen könnte, gab er seine Detektivarbeit auf und bedankte sich mit einem Kuss bei seiner Frau, die den Ausbrecher wieder eingefangen hatte.

»Wo willst du eigentlich hin?«

Er blieb in der Tür stehen und warf Kathrin einen nervösen Blick zu. »Ich bin bald wieder da, will nur schnell zum Baumarkt. Im Keller geht das Licht nicht, die Birne ist wohl durchgeknallt.«

Unruhig sah er zu Hannah, als wolle er ihr etwas mitteilen, betrachtete den Schlüssel in seiner Hand und zuckte mit den Brauen. Dieses merkwürdige Verhalten passte nicht zu ihrem Dad. Er wirkte ja geradezu so, als müsste er ein dunkles Geheimnis hüten. Sie wollte ihn fragen, hielt sich aber schweigend zurück, um keinen Streit zwischen ihren Eltern zu provozieren. Am Ende war er vielleicht untreu – nein! Diesen Gedanken wollte Hannah nicht zulassen und schob ihn mit aller Macht in eine Kiste, nagelte den Deckel darauf fest und versteckte ihn im hintersten Winkel ihres Geistes.

Daniel wirkte gedankenverloren, als er sich über den Bart strich. Gleichzeitig warf er seiner Tochter einen raschen Blick zu, den wahrscheinlich nur sie bemerkte. Es war eher ein schneller Wimpernschlag, denn ein Blick, gerade lange genug, um von Hannah registriert zu werden. Ganz so, als wollte er feststellen, ob sie etwas an ihm bemerkt hatte. Es juckte Hanna in Fingern und Füßen. Sie wollte am liebsten sofort überprüfen, ob das mit dem kaputten Kellerlicht stimmte.

Als er endlich die Tür hinter sich zuzog, hielt Hannah nichts mehr. Sie hastete zu der Kellertür, die sich unterhalb der Treppe befand und hielt mit einem mulmigen Gefühl in der Magengegend inne. Wollte sie da jetzt wirklich runtergehen? Keller waren überhaupt nicht Hannahs Ding. In dem Chaos konnten sich Mörder und Psychopathen verstecken. Doch sie wollte unbedingt nachsehen. Sie musste ja nicht reingehen, es reichte, den Lichtschalter vom Eingang aus zu betätigen.

Bedachtsam öffnete Hannah die kleine Tür und tastete ergebnislos an der Innenwand nach dem Lichtschalter. Sie nahm das Handy und schaltete die Taschenlampe ein. Der Lichtkegel traf auf die Glühbirne, an der ein Zugschalter baumelte. »Na super«, raunte sie, denn die Lampe war mitten im Kellerraum angebracht. Um sie zu betätigen, musste Hannah also die Treppe hinuntersteigen. Aus dem mulmigen Gefühl wurde eine innere Stimme, die ohne Unterlass Warnungen ausrief. Hannah ignorierte jede Einzelne von ihnen.

Just in dem Augenblick, als sie den Mut fasste, hinunterzusteigen, spürte sie ein seltsames Ziehen mitten durch die Brust. Ganz so, als wäre etwas durch ihren Körper gedrungen – etwas, das sie nicht sah, aber umso mehr fühlte. Nach Atem ringend trat sie einige Schritte zurück, bis sie die Flurwand im Rücken spürte. Ein eisiger Schauer jagte über ihren Körper. Hannah bemerkte, wie die Panik sie ergriff. Sie wollte weglaufen, aber ihre Beine waren wie versteinert, während das Herz im Eiltempo ihr Blut durch den Körper trieb. Plötzlich schlug die Tür mit lautem Krachen ins Schloss. Die Wand in ihrem Rücken war Schutz und Hindernis zugleich. Wenn sie gekonnt hätte, wäre sie mit dem Mauerwerk verschmolzen.

»Hannah? Ist was passiert?«, hörte sie ihre Mutter rufen.

Doch sie war nicht in der Lage, zu antworten.

»Hannah, Liebling? Was war das für ein Knall?« Kathrins Stimme klang nun sehr nah.

Hannah zwang ihren Blick in die Richtung, aus der ihre Mutter zu vernehmen war.

»Hast du einen Geist gesehen?«, fragte Kathrin. Sorge legte sich über ihr Gesicht und sie fasste an die Schulter ihrer Tochter. »Schatz?«

Diese Berührung löste Hannahs Starre. »Die ... Die ist einfach zugeknallt«, stammelte Hannah.

Auf dem Gesicht ihrer Mutter entstand ein zartes Lächeln. Sie streichelte den Oberarm ihrer Tochter und sagte entspannt: »Das war ein Luftzug. Im Keller ist bestimmt ein Fenster offen. So etwas passiert schon mal.«

Zwar nickte Hannah, aber sie war nicht der Meinung, dass es sich nur um Zugluft handelte. Irgendetwas war durch sie hindurchgegangen, das hatte sie ganz deutlich gespürt.

»Was wolltest du eigentlich im Keller?«, fragte Kathrin auf dem Weg in die Küche.

Hannah warf einen Blick zurück, denn ihr war so, als folgte ihnen jemand. Schritte waren keine zu hören, dennoch spürte sie diese unerklärliche Nähe, die ihr einen weiteren Schauder über den Rücken jagte. »Nichts«, antwortete sie, lief dicht hinter ihrer Mutter und rieb sich die Gänsehaut vom Arm.

»Siehst du, das Küchenfenster steht offen.« Kathrin zeigte darauf und schloss das Fenster.

Zwei offene Schubladen sprangen Hannah ins Auge. Sie drückte sie zu.

»Ich bin gleich wieder da.« Ihre Mutter trug die leeren Einkaufstaschen hinaus.

Durstig, als hätte sie an einer Wüste geleckt, entnahm Hannah dem Kühlschrank eine kalte Cola, schnappte sich ein Glas aus dem Hänger und setzte sich an den Tisch. Während sie das Getränk ins Trinkglas füllte, ließ sie den Zwischenfall Revue passieren und kam zu dem Schluss, dass sie sich das Erlebnis nur eingebildet hatte.

»Wieso lässt du denn die Türen offen?«, beschwerte sich ihre Mutter, als sie die Küche betrat.

Hannah blickte verwirrt auf und konnte nicht glauben, was sie sah. Sämtliche Schranktüren standen offen. Sie hatte sie jedenfalls nicht geöffnet. Nein, Hannah war an nur einer Tür gewesen und die hatte sie wieder geschlossen. In ihrem Kopf wirbelte alles nur so umher, sodass sie keinen klaren Gedanken fassen konnte. »Ähm ... Das war ich nicht.« Sie war vollkommen durcheinander.

»Wenn du das nicht warst, dann müssen wir Heinzelmännchen haben«, scherzte Kathrin, aber Hannah kannte diesen schnippischen Tonfall ihrer Mutter und sie hasste ihn.

»Du glaubst mir nicht«, erwiderte sie. »Vielleicht warst du es ja selbst und hast es nur vergessen. Alzheimer kann in deinem Alter schon losgehen«, sagte sie beleidigt. Es tat ihr sofort leid, als sich Kathrin zu ihr umdrehte und sie enttäuscht anblickte.

»Hör mal. So alt bin ich doch nicht.«

Hannah hielt es nicht aus. Sie hatte sich daneben benommen, aber sich zu entschuldigen gehörte nicht zu ihren Stärken. Beschämt zog sie sich ohne ein weiteres Wort zurück.

»Hannah«, rief ihre Mutter, aber sie reagierte nicht und schlich missgelaunt die Treppe zu ihrem Zimmer hinauf.

Sie fühlte sich schlecht, weil sie so gemein reagiert hatte. Außerdem versuchte sie, sich zu erinnern, ob ihr irgendetwas aufgefallen war. So vertieft, wie sie in ihre Gedanken um die Kellertür gewesen war, hatte sie nicht einmal gehört, wie die Türen geöffnet wurden.

Wahrscheinlich, so dachte Hannah, wollte ihre Mutter sie nur von ihrem Erlebnis mit dem Keller ablenken. Mit diesem Gedanken fühlte sie sich nur noch mieser. Mit einem Ruck stieß sie die Tür hinter sich zu und warf sich auf ihr Bett. Aus der Hose fischte Hannah das Handy und wählte aus der stattlichen Musiksammlung den Song *Going Under* der Gruppe *Evanescence*. Als sie den Stimmenklang der Sängerin hörte, fühlte sie sich gleich ein bisschen besser.

Der Hunger meldete sich mit einem leisen Grummeln, aber sie hatte keine Lust, ihrer Mutter zu begegnen, also setzte sie sich auf und griff gezielt zur Chipstüte, die sich neben ihrem Bett in bester Gesellschaft mit einer Colaflasche befand. Während sie sich einige Chips in den Mund schob, beschlich sie das Gefühl, nicht allein in ihrem Zimmer zu sein.

Hannah ließ ihren Blick durch den Raum schweifen. Aus irgendeinem unerfindlichen Grund empfand sie das Poster über dem abgerissenen Tapetenteil plötzlich als unheimlich. Oder war es die Tür dahinter? Das wollte sie lieber nicht herausfinden. Sie legte die Chipstüte weg und hastete aus dem Zimmer. Das Poster behielt sie dabei im Auge, wie ein Tier, das sie jeden Moment anspringen könnte.

Kaum war sie über die Schwelle getreten, klingelte ihr Handy. Das Dumme daran war, dass es noch immer auf dem Bett lag. Einen kurzen Augenblick überlegte sie, ob sie es holen sollte. Entweder stimmte mit dem Zimmer etwas nicht, oder aber Hannah war gerade dabei, verrückt zu werden.

Sie atmete tief durch, ordnete ihre Gedanken und maß die Schritte ab, die sie zum Bett benötigen würde. Die Überlegung, den Raum wieder zu betreten, brachte ihr eine gehörige Gänsehaut ein. Sekunden zogen sich wie Minuten hin, in denen Hannah nach dem letzten Fitzelchen Mut in ihrem Innersten suchte. Einen winzigen Augenblick setzte ihr Verstand aus und ihre Beine übernahmen. Wie ein geölter Blitz rannte sie zum Bett, schnappte sich das Telefon und stürmte mit trommelndem Herzen aus dem Zimmer.

Mit einem lauten Knall warf sie die Tür hinter sich ins Schloss. Was auch immer sie hinter ihrer Zimmertür vergessen hatte, keine hundert Pferde würden sie in der nächsten Zeit wieder hineinbekommen. Hannah wandte sich der Treppe zu, als ihr im Augenwinkel Holden auffiel. Der Junge spielte mit seinen Actionfiguren und kicherte. Er bemerkte sie, verstummte und ließ die Figuren sinken.

Angesichts ihrer kuriosen Erlebnisse fand sie sein Verhalten mysteriös. »Was spielst du?« Sie ließ ihre Frage beiläufig klingen – so, als hätte sie nur der Form halber gefragt, ohne jegliches Interesse. Genau mit dieser Fassade betrat sie auch sein Zimmer.

»Krieg«, antwortete der Junge trocken und sah sie mit kalten Augen an.

»Warum spielst du denn so was?«

»Ist cool«, erwiderte er. Er schaute zu der rechten Wand neben Hannah. Das verunsicherte sie, denn er sah aus, als hätte sein Blick jemanden erfasst. Mit einem Schulterblick wischte sie die Idee eines heimlichen Besuchers fort, denn dort stand niemand. Ihr Bruder war mit ihr und seinen Figuren alleine in diesem Raum. Doch an seiner Mimik war deutlich zu erkennen, dass er kommunizierte. Nur mit wem? Sie sah sich noch einmal um. Da fiel ihr die Tür auf. Sie war vollkommen geöffnet, bot aber einen gewissen Platz, der gerade so reichte, sich hinter dem Türblatt zu verstecken. Erschrocken von dieser Möglichkeit dachte Hannah daran, einen Blick dahinter zu werfen. Doch ihre Knie waren butterweich und ihr Blut pulsierte in den Ohren.

Bevor sie sich auch nur einen Schritt tiefer in Holdens Kinderzimmer wagte, musste sie ihren kleinen Bruder aus der Reserve locken. »Ist jemand bei dir?«

Hastig schüttelte er den Kopf und rutschte auf seinen Knien hin und her.

Hannah zweifelte an seiner Aussage. »Bist du sicher?«

Er nickte, vermied es aber, sie anzusehen. Stattdessen glitt sein Blick wieder an die Wand. Vorsichtig trat sie einen Schritt näher an Holden heran. Ihre Bewegung sorgte dafür, dass ihr Bruder heftiger auf den Knien herumrutschte. Er drehte mit dem Finger eine Haarsträhne seines Deckhaars ein und sah verstohlen abwechselnd zu ihr und zu der Wand. Er war nervös – das war nicht zu übersehen. Nach dem seltsamen Erlebnis in ihrem Zimmer war Hannah nicht zu Spielchen aufgelegt. »Lüg nicht!«

Augenblicklich senkte Holden den Blick.

An der Wand stand ein Regal, das mit Spielsachen überfüllt war. Daneben befand sich seine Schatzkiste, eine große Truhe, in der er sein Lieblingsspielzeug lagerte. Hinter dem Regal stand eine Umzugskiste, die Kathrin noch nicht angerührt hatte. Aber beim besten Willen konnte Hannah an der Wand nichts Ungewöhnliches entdecken.

Auf dem Boden lagen einige Bilder, die Holden gemalt hatte. Sie waren bunt und fröhlich, doch das Oberste hatte er mit schwarzem Wachsstift gezeichnet. Sie konnte nicht genau erkennen, was dieses Gekritzel darstellen sollte, also bückte sie sich nach dem Bild und hob es auf, um es näher zu betrachten.

Es sah aus wie ein langes, dünnes Wesen ohne Augen, aber dafür mit einem großen Mund. Das Bild wirkte unheimlich auf sie. Hannah legte die Zeichnung auf Holdens Schreibtisch und rieb sich die plötzlich aufgekommene Gänsehaut vom Arm. Sonst war alles normal, hier war niemand außer

Holden. Ihr Bruder musste ihr einen Streich gespielt haben. Dennoch konnte sie sich nicht mit dem Gedanken anfreunden, ihn hier oben alleine zu lassen. Deshalb reichte sie ihm die Hand und sagte: »Komm, du kannst genauso gut unten spielen.«

Er sah sie verwundert an, stand wortlos auf und sammelte einige seiner Figuren zusammen. »Spielst du mit?«

Hannah konnte sich durchaus interessantere Dinge vorstellen, als mit einem sechsjährigen Kind Krieg zu spielen, dennoch willigte sie ein.

Sie setzte sich mit ihm auf den Boden im Wohnzimmer und Holden verteilte die Figuren. Sie bekam Superman und Batman, während sich der Junge für Joker und den schwarzen Spiderman entschied. Das widersprach gänzlich seinem sonst so zarten Wesen, aber Hannah wollte keine Spielverderberin sein und sparte sich jegliche Bemerkung.

In der Tür erschien Kathrin. Sie trocknete sich an einem Geschirrtuch die Hände ab und beobachtete die beiden. Hannah fühlte sich unwohl dabei. Sie warf ihr einen kurzen Blick zu, um ihr zu verdeutlichen, dass sie sie bemerkt hatte und dass sie jetzt wieder gehen konnte, aber dieser Augenblick reichte, um ein liebevolles Lächeln ihrer Mutter aufzufangen. Offenbar war sie ihr überhaupt nicht böse gewesen.

»Warum spielt ihr denn nicht oben?«

»Weil wir jetzt hier spielen«, erwiderte Hannah flüchtig und hoffte, ihrer Mutter würde diese Erklärung genügen.

»Oben ist es doch viel schöner zum Spielen«, setzte sie nach.

Hannah spürte einen aufkommenden Unmut. Ihre Nackenmuskeln verkrampften, und wenn ihre Mutter nicht bald aufhören würde, könnte sich das schnell zu einem weiteren unschönen Moment entwickeln. »Mom«, sagte sie genervt.

Kathrin riss die Hände verteidigend in die Höhe. »Schon gut, dann spielt halt hier. Aber euer Vater ist sicher gleich wieder da. Er will dann bestimmt seine Sendung gucken.«

Hannah schwieg und wartete, bis Kathrin aus ihrem Blickfeld verschwunden war, dann widmete sie sich Holden.

»Okay, Kleiner.«

»Du spielst die Guten und meine sind die Bösen«, klärte er sie auf.

»Willst du nicht lieber die Guten spielen?«

Er sah sie verwundert an. »Warum denn?«

»Weil die Guten meistens gewinnen«, sagte sie mit einem Zwinkern.

»Das sieht nur so aus. Die Bösen gewinnen immer.«

Hannah wusste nichts dagegenzuhalten, denn so etwas aus dem Mund ihres kleinen Bruders zu hören, war ganz neu. So kannte sie ihn nicht. Der Holden, den sie kannte, malte bunte Bilder, baute hohe Türme mit seinen Bausteinen und fuhr unheimlich gerne Fahrrad.

Nach einer Weile kehrte Kathrin mit einem Teller in der Hand zurück. »Habt ihr Hunger? Hannah, du hast heute noch nichts gegessen.« Sie runzelte die Stirn und stellte den Teller auf dem Couchtisch ab. Unzählige Schnittchen waren aufgetürmt. Das Ganze war mit Paprika und Gurkenstreifen verziert.

Ihr lief das Wasser im Mund zusammen. Doch sie ließ sich nichts anmerken. Das könnte die Distanz zwischen ihnen in Gefahr bringen und Hannah fühlte sich ganz wohl damit. Sie hatte sich dadurch den Bevormundungen weitestgehend entzogen und traf seit geraumer Zeit wichtige Entscheidungen selbst. So reichte es neuerdings, wenn sie kurzfristig Bescheid gab, dass sie anderswo übernachtete.

Früher gab es lange Diskussionen und am Ende sprachen sich ihre Eltern gegen eine Übernachtung außerhalb ihres Wirkungskreises aus. Außerdem waren da die verhassten Shoppingtouren mit ihren Eltern, an deren Ende sie doch nur die Klamotten bekam, in denen Mom und Dad sie sehen wollten.

Jetzt drückten sie ihr einfach Geld in die Hand und schickten sie los. Ihre Eltern nannten als Grund ihre Pubertät. Ihr war egal, welchen Namen ihre neue Freiheit trug. Sie wollte sie keinesfalls wieder hergeben. Außerdem war da noch die unendliche Kluft zwischen ihrer Mom und ihrer Oma – und die konnte Hannah einfach nicht übersehen.

Erst, als Kathrin im Flur verschwand, griff Hannah nach dem Teller und stellte ihn zwischen Holden und sich auf den Boden. Ihr Bruder hob einige Schnittchen an und verzog dann das Gesicht.

»Bäh, nur Käse und Lachsschinken. Das schmeckt nicht.«

»Auch gut, bleibt mehr für mich«, sagte Hannah freudig und schob sich etwas davon in den Mund, biss von einem Gurkenstück ab und schluckte alles hinunter. Im Nu sah der Teller aus wie nach einer Schlacht. Vereinzelt lagen einige Schnittchen herum, zwischen denen ein Paprikastreifen ganz verloren wirkte. Hannah änderte das. Sie stellte den Teller zurück auf den Tisch und nahm die Paprika herunter. Beinahe verschluckte sie sich daran, als Holden sagte: »Kannst du auch einen Menschen so verschlingen?«

Hannah schluckte schnell und legte das letzte Stück Paprika auf den Teller zurück.

»Was erzählst du da?«

»Mein Freund kann das!«

»Welcher Freund? Holden, du machst mir Angst.«

Aus heiterem Himmel fiel der Teller vom Tisch und die Reste verteilten sich auf dem Teppich.

»Mom«, rief Holden. »Hannah hat den Teller umgeworfen.« Er stand auf und rannte hinaus.

So ein Verräter, dachte sie sich. Aber, wie zum Teufel war der Teller überhaupt vom Tisch gefallen? Er hatte nicht am Rand gestanden und niemand hatte ihn berührt.

»Wie ist das denn passiert?«, hörte sie ihre Mutter fragen, die sofort ins Wohnzimmer gestürmt kam.

Hannah sah sie mit einer Mischung aus Verzweiflung und Reue an.

»Ach, da war ja fast nichts mehr drauf«, bemerkte Kathrin erleichtert und ging in die Hocke, um Hannah dabei zu helfen, die Sauerei aufzusammeln.

»Tut mir leid«, huschte es leise über Hannahs Lippen.

»Das kann doch mal passieren.«

Aber Hannah wollte sich für etwas ganz anderes entschuldigen. »Das vorhin«, ergänzte sie noch leiser.

Kathrin stellte den Teller auf dem Tisch ab und half ihrer Tochter hoch. Mit Tränen in den Augen sah sie Hannah an. »Liebling«, sagte sie und nahm sie in den Arm.

Zugegeben – so ganz unwohl fühlte sie sich in den Armen ihrer Mom nicht. Dennoch löste sie sich rasch aus der Umarmung.

Der Tag verlief ohne weitere Vorkommnisse. Hannah hielt das für die Ruhe vor dem Sturm, aber sie schwieg, um Holden nicht zu verunsichern.

Am Abend war sie so erschöpft, als hätte ihr jemand sämtliche Energie aus dem Leib gezogen. Gegen zehn nickte sie auf der Couch ein, aber ihre Mutter bestand darauf, dass sie in ihr Bett ging. Das bedeutete, in dem Zimmer zu schlafen, in dem sie sich nicht mehr wohlfühlte. Wäre sie etwas jünger gewesen, hätte sie zu ihren Eltern unter die Decke kriechen können. Doch in ihrem Alter ging das nicht mehr. Also schleppte sie sich müde hinauf, legte sich mit einem flauen Gefühl hin und hoffte auf eine Nacht ohne besondere Vorkommnisse. Trotz ihrer Erschöpfung lag sie eine Weile wach. Sie erwartete Holden oder ein Geräusch, irgendetwas, das sie erschrecken würde. Doch es geschah nichts. Vielleicht wird alles wieder gut, dachte sie sich und gab der Schwere ihrer Lider nach.

Sie ahnte nicht, dass alles noch schlimmer kommen sollte.

# Kapitel 6

## Dem Wahnsinn nahe

In der Nacht spürte Hannah eine Präsenz, genau wie zuvor im Keller. Nur schien diese noch viel mächtiger zu sein, sodass sie sich nicht bewegen konnte. Sie lag mit offenen Augen wie eine steife Planke im Bett. Hannah war hellwach, doch über ihren Körper hatte sie keine Gewalt. Ein Flüstern, so unverständlich wie das Rascheln von Laub im Wind, erreichte ihr Zimmer. Träumte sie etwa? Wie spät war es? Der Stille im Haus nach zu urteilen, musste es tief in der Nacht sein.

Die Raumtemperatur sank so rasant, dass Hannah plötzlich ihren Atem im Halbdunkel sah. Sie drehte die Augen zur offenen Tür und entdeckte einen dünnen Lichtschein, der ihr verriet, dass jemand im Erdgeschoss war. Im Augenwinkel sah sie Schatten, die sich auf sie zubewegten.

Das Herz blieb Hannah für einen Moment stehen, nur um im nächsten seine Arbeit im doppelten Tempo aufzunehmen. Kalter Schweiß brach auf ihrer Stirn aus. Ihre Hände krallten sich fest in das Laken, als könnte sie der dünne Stoff beschützen. Sie wollte schreien, aber nicht ein Ton verließ ihre Kehle. Es schien ihr, als hätte man sie geknebelt und mit Panzertape am Bett festgeklebt. Selbst das Denken fiel ihr schwer. Immer wieder glitten ihre Gedanken zu den Kindern ab, die sie vertrieben hatte. Doch waren sie wirklich verschwunden?

Hannah fühlte sich wie in einem Albtraum gefangen. War das ein Traum, musste sie so schnell wie möglich daraus erwachen. Doch so sehr sie sich auch anstrengte, es veränderte sich nichts. Sie fühlte sich ausgeliefert und das bereitete ihr nicht nur Angst, es ließ das Blut in ihren Adern gefrieren.

Die Gestalten kamen immer näher, postierten sich links und rechts neben ihrem Bett und beugten sich über sie. Im schwachen Mondlicht erkannte sie, dass es nicht nur Schatten waren, denn sie hatten totenblasse Gesichter, aus denen sie tiefschwarze, leblose Augen anstarrten. Gestern erst hatte sie solche Augen gesehen.

Vom Flur her näherten sich schlurfende Schritte. Das Adrenalin schoss in heißen Wellen durch ihren Körper und versetzte ihn in ein heftiges Zittern. Sie betete, dass ihr jemand helfen würde, und dachte an ihre Mom. Holdens Gesicht schob sich in ihre Gedanken. Nie wäre sie glücklicher über sein Schlafwandeln gewesen als in diesem Augenblick. Warum konnte er nicht einfach in ihr Zimmer kommen?

Über Hannah bildete sich heller Nebel und stob auseinander. Aus irgendeinem unerklärlichen Grund verblassten die bedrohlichen Gestalten an ihrem Bett, als hätte es sie nie gegeben. Der Nebel formte sich zu einer Erscheinung, aus der sich ein Gesicht kristallisierte, das Hannah kannte. »Oma«, wisperte sie.

Editha streckte die Hand nach ihrer Enkelin aus und berührte sanft ihre Wange. Wärme flutete Hannahs Körper und nahm die Starre fort.

Editha lächelte. »Schlaf, mein Mädchen«, sagte sie.

Auf Hannahs Lider legte sich eine angenehme Schwere, die sie sanft in den Schlaf hineinzog. Bald schon träumte sie von ihrer Großmutter:

*Editha stand mitten im Wohnzimmer und starrte zur Zimmerecke hinauf. Hannah folgte ihrem Blick und erkannte eine schwarze Masse, die sich auf die alte Frau zubewegte. Hannah schrie, doch Editha reagierte nicht. Wie versteinert stand ihre Oma nur da, ihren Blick auf das Schwarze gerichtet, das immer dichter wurde und sie schließlich erreichte. Hannah wollte Editha wegstoßen, doch sie konnte sich nicht rühren. Ihr schien es, als wäre sie mit dem Boden verwurzelt. Die schwarze Wolke verschluckte Editha, stieg zur Decke auf und ließ den erschlafften Körper auf den Boden fallen. Die toten Augen ihrer Großmutter starrten sie an. Hannah konnte sich nicht regen.*

Seltsame Geräusche weckten Hannah. Unheimliches Flüstern drang in ihren Kopf ein und legte sich wie ein Mantel aus Schwermut auf ihr Bewusstsein. Sie zwang sich, die Augen zu öffnen und erstarrte. Warmer Atem benetzte ihre Wange und das Ohr. Das Flüstern drang wie eine selbstschneidende Schraube in ihr Gehör. Da realisierte Hannah, dass sie nicht träumte. Jemand war hier und pflanzte ihr unverständliche Worte ins Gehirn.

Ein alles zerreißender Schrei entsprang Hannahs Seele, drang durch ihre Lunge und entlud sich, ohne dass sie den Vorgang beeinflussen konnte oder gar wollte. Sie hörte, wie ihr Geschrei durchs ganze Haus gellte. Wie von der Tarantel gestochen, sprang sie aus ihrem Bett und schaltete das Licht ein.

Und da erkannte sie, wer ihr diesen mordsmäßigen Schrecken eingejagt hatte, nämlich niemand Geringerer als ihr kleiner Bruder. Er stand nach vorne geneigt an ihrem Bett, als würde er ihr noch immer dieses Kauderwelsch ins Ohr flüstern.

»Holden, verdammt!«, brüllte sie ihn an.

Doch er reagierte nicht. Offenbar schlafwandelte er wieder. Vorhin hätte sie ihn gebraucht, aber jetzt war ihr das einfach zu viel. Hannah näherte sich ihm. Doch er bewegte sich kein Stück. Sie legte sich auf die Seite, um ihm ins Gesicht zu sehen. Seine Augen waren seltsam dunkel, als hätten die Pupillen all das Weiß verdrängt.

»Was hast du? Holden?«, fragte sie mit vor Entsetzen zitternder Stimme.

Erst schien er sie gar nicht zu hören, dann aber – nach ein paar Sekunden der absoluten Stille richtete er sich auf und wandte sich seiner Schwester zu. Verwirrung überkam sie, denn die Augen ihres Bruders waren ganz normal. Das Weiß befand sich da, wo es hingehörte, und die Pupillen waren von Iriden umgeben. Allerdings wirkte sein Blick leer, aber das kannte sie ja schon. Es gehörte zum Schlafwandeln.

Jemand schaltete das Licht im Flur ein. Plötzlich wandte sich Holden um und schlurfte zur Tür, wo er von Daniel in Empfang genommen wurde. Hannahs Vater blickte sie kreidebleich an. Holden schlich an ihm vorbei und bog nach rechts ab, wo sein Zimmer lag. Daniel sah ihm hinterher, hielt ihn aber nicht auf. Auf leisen Sohlen folgte er seinem Sohn und ließ Hannah allein zurück.

Diese Nacht hatte es dermaßen in sich, dass Hannah am liebsten draußen geschlafen hätte. Nein – diese Idee erschien ihr angesichts der seltsamen Kinder nicht sonderlich ausgereift.

Kathrin kam ins Zimmer gestürmt. »Hannah, du hast uns zu Tode erschreckt.«

Die Worte ihrer Mutter waren wie ein Eimer Eiswasser, den sie über Hannahs Kopf ausschüttete. Dabei wünschte sich Hannah in diesem Augenblick nichts sehnlicher, als einfach nur in den Arm genommen zu werden. Sah sie denn nicht, dass Hannah die Panik ins Gesicht geschrieben stand? Sie bekam ja kaum ein Wort heraus und das, was sie sagte, klang genuschelt: »Ich bin vor Angst fast gestorben, aber ist ja egal.« Zitternd setzte sie sich auf die Bettkante.

»Ich hab dich nicht verstanden«, erwiderte Kathrin und kam endlich näher. Erst, als sie neben ihrer Tochter Platz nahm, spürte Hannah, wie ihre Seele langsam entkrampfte.

»Mom, das ist so gruselig, wenn er plötzlich mitten in der Nacht auftaucht und Dinge macht oder nicht macht. Am schlimmsten ist es, wenn er einfach nur dasteht. Ich halt das nicht mehr aus«, erklärte sie unter Tränen, die unaufhaltsam über ihre Wangen rannen.

»Er schlafwandelt, Schatz. Das ist nicht so einfach.«

Nicht so einfach? Hannah wusste, dass Holden es selbst nicht leicht hatte. Diese Phasen waren für ihn extrem energieraubend, aber für sie eben auch. »Ich weiß, Mom, aber er ist dann immer so unheimlich. Wie nicht von dieser Welt.«

Kathrins Seufzen war wie ein Strich unter dem Erlebten. Zumindest für sie, denn Hannah konnte das nicht einfach so wegstreichen, in Kisten stecken oder das Ereignis einfach vergessen. Es belastete sie, aber davon wollte offenbar niemand in der Familie etwas wissen.

»Na komm, ich mache uns eine heiße Schokolade«, schlug Kathrin vor und stand auf.

Mürrisch sah sie ihre Mutter an. »Das macht es jetzt auch nicht wieder gut.«

Kathrin zog die Brauen hinauf. »Aber es entspannt.«

Hannah drückte sich schwerfällig aus der Matratze, wickelte die Decke um ihren Körper und folgte ihrer Mutter. Auch wenn es objektiv betrachtet keinen Sinn ergab, versprach ihr die Decke ein wenig Schutz. Und den brauchte sie, um überhaupt durch dieses Haus gehen zu können.

Daniel verließ gerade Holdens Zimmer, als Hannah die Treppe erreichte. Sie drehte sich ihm zu und beobachtete ihren Vater dabei, wie sachte und liebevoll er Holdens Tür zuzog.

Hannahs Gewissen meldete sich und machte ihr klar, dass sie ihn nicht hätte anbrüllen dürfen. »Alles in Ordnung mit ihm?«, fragte sie leise.

Daniel nickte. »Holden schläft.« Er legte den Finger auf die Lippen und flüsterte: »Lass uns runtergehen.«

Kathrin empfing Hannah und ihren Vater mit einem besorgten Gesichtsausdruck. »Das kann so nicht weitergehen. Er schlafwandelt immer häufiger.« Sie griff nach dem Kakaopulver. »Gesunder Schlaf ist wichtig, vor allem in seinem Alter«, fuhr sie fort, während sie drei Tassen mit dem Pulver befüllte.

Daniel lehnte mit verschränkten Armen an der Arbeitsfläche neben Kathrin und lenkte ein: »Wir hatten doch mal über professionelle Hilfe gesprochen.«

Böses Thema, dachte Hannah. Sie wusste, dass ihre Mom nichts davon hören wollte, Holden in ein Schlaflabor zu schicken oder zu einem Psychiater. Wortlos setzte sich Hannah an den Tisch.

»Reden wir morgen darüber. Es wäre besser, sich jetzt ein bisschen abzulenken«, widersprach sie und sah zu ihrer Tochter.

Beim letzten Versuch, Holden zu helfen, hatten die Weißkittel ihrem kleinen Bruder etliche Medikamente verschrieben, die ihn in einen Gefühlszombie verwandelt hatten. Trotzdem wusste Hannah, dass er Hilfe brauchte – echte Hilfe, kein Unterdrücken seines Wesens. »Also meinetwegen müsst ihr euch nicht zurückhalten. Hauptsache, ihr pumpt Holden nicht wieder mit Pillen voll.«

»Mach dir keine Gedanken um deinen Bruder. Wir tun nichts, was ihm schaden könnte«, meinte Daniel.

Kathrin stellte eine Tasse heißer Schokolade vor Hannah hin, deren Duft sich wie eine warme Decke an Hannahs Seele schmiegte. Während sich Kathrin mit ihrer Tasse dazusetzte, blieb Daniel stehen und schlürfte den Schaum von seinem Heißgetränk.

»Also, das ist vielleicht eine seltsame Nacht«, bemerkte Kathrin und zog mit dem Löffel kreisende Bahnen durch ihre Schokolade. Hannah beobachtete die in Bewegung geratenen Bläschen.

»Diese Kinder vorhin«, fuhr Kathrin fort und blickte zu ihrer Tochter auf.

Als hätte Hannah von einem Moment auf den anderen zu schlucken verlernt, rutschte das Getränk in ihre Luftröhre. Dabei hatte nicht die Schokolade den Husten verursacht, sondern die beiläufige Erwähnung ihrer Mutter. Nachdem sie sich gerade so weit gefangen hatte, dass sie reden konnte, setzte sie alles daran, Näheres zu erfahren. »Hatten die Kinder seltsame A

ugen?«

Verdutzt hielt Kathrin inne. »Woher weißt du das?«

»Hannah, das ist jetzt nicht der richtige Moment für deine Fantasien«, bremste Daniel sie aus.

Fantasien?

»Fantasien«, murmelte Kathrin.

In ihrem Inneren spürte Hannah, wie sich ein wütender Orkan zusammenbraute. Um einen Ausbruch zu verhindern, wechselte sie rasch das Thema. »Ich hab von Oma geträumt.« Sie warf ihrem Vater einen prüfenden Blick zu. Gegen Träume hatte er wohl nichts einzuwenden.

»Ach«, meinte Kathrin erstaunt. »Und was genau?«

Sie seufzte. »Von ihrem Tod.«

Als wäre die Zeit im Bruchteil einer Sekunde in ewiges Eis gebannt, verstummten ihre Eltern nicht nur, sie bewegten sich auch nicht mehr. Atmeten sie überhaupt noch? So langsam war es wirklich sehr anstrengend, immer darauf zu achten, worüber sie in diesem Augenblick reden sollten und worüber nicht. Da Hannah aber Angst hatte, wahnsinnig zu werden, wenn sie nicht über ihren Traum redete, fuhr sie fort: »Es war nur ein Traum, der nichts mit der Realität zu tun hat, denn sie ist ja im Krankenhaus gestorben.«

Wie es aussah, war die Wortlosigkeit ihrer Mom so bleiern, dass sie einige Sekunden benötigte, um zu antworten: »Oh Schatz, dein Unterbewusstsein versucht, den Verlust zu verarbeiten.« Kathrin legte ihre Hand auf Hannahs Unterarm. »Du solltest dir keine Gedanken darüber machen.«

Eigentlich hatte Hannah echtes Interesse erhofft. Das war wohl zu viel verlangt, also senkte sie ihren Blick und starrte auf die kleinen Bläschen auf ihrer Schokolade. Sie fügten sich zusammen, genauso, wie sich die Fragmente ihres Traumes zusammenfanden.

»Ich verzieh mich ins Bett«, meldete sich Daniel zu Wort.

Sowohl Hannah als auch Kathrin sahen ihm nach, als wäre er in der Lage, die unangenehme Stille mit sich zu nehmen, bis er aus ihrem Blickfeld verschwunden war. Plötzlich griff Kathrin nach der Hand ihrer Tochter. Sie wirkte mit einem Mal sehr angespannt und rang sichtlich nach Worten. Ganz so, als würden sich die Silben einfach nicht zusammenfügen lassen. Sie setzte an, etwas zu sagen. Statt zu sprechen, plusterte sie ihre Wangen und entließ die Luft durch einen schmalen Lippenschlitz.

»Mom, was ist los?«

»Bist du sicher, dass du es nur geträumt hast?«

Im ersten Moment dachte Hanna, sich verhört zu haben. Doch der besorgte Gesichtsausdruck ihrer Mutter sprach Bände. Sie erinnerte sich an die Unfähigkeit, sich zu bewegen. Konnte Hannah offen mit ihr reden? Bei genauerer Betrachtung erschien ihr die Situation sehr seltsam – fast schon unheimlich. Es wäre das erste Mal seit einer sehr langen Zeit, dass sie bei Kathrin auf wirklich offene Ohren stieß. Nein – es erschien Hannah nicht klug, gleich mit der Tür ins Haus zu fallen. Aus diesem Grund entschied sie sich gegen die Wahrheit. »Was soll es denn sonst gewesen sein? Es ist nur so, dass sich dieser Traum einfach extrem echt angefühlt hat.«

Irgendetwas schien ihre Mutter zu beschäftigen, denn sie rutschte nervös auf ihrem Stuhl herum und schluckte.

Wie eine Explosion aus dem Nichts ertönte Daniels Stimme. »Sagt mal ...«

Hannahs Herz verweigerte den Dienst, um ihn sogleich in rasender Geschwindigkeit wieder aufzunehmen. Ihr Blut rauschte nur so in den Ohren.

Und durch dieses Rauschen hörte sie ihre Mutter erschrocken aufschreien. Kathrin legte die Hand auf die Brust. »Meine Güte! Musst du dich so anschleichen?«

Daniel schien sich keiner Schuld bewusst zu sein, er sah beide abwechselnd an. »Ihr seid aber auch schreckhaft. Ich wollte euch nur darüber informieren, dass die Tür offenstand.«

Daran, dass sie das Schloss verriegelt hatte, erinnerte sich Hannah, als wäre es eben geschehen. Dennoch vergewisserte sie sich des Wahrheitsgehalts ihrer Erinnerung und fragte: »Was? Nicht abgeschlossen oder richtig offen?«

»So offen, dass jeder reinkommen konnte«, erwidert er. »Ihr müsst wirklich besser aufpassen. Ich weiß ja, dass Alicetown nicht New York ist, aber es können wilde Tiere reinkommen. Neben einem Wolf aufzuwachen ist bestimmt nicht in deinem Interesse«, sagte er.

Warum fühlten sich seine Worte nur an wie Splitter, die sich langsam immer tiefer in ihr Herz bohrten? Ebenso wie die Worte, durchbohrte sie sein Blick. Dachte er etwa, Hannah hätte diese blöde Tür offengelassen?

Gerade, als es in ihr des mangelnden Vertrauens wegen erneut zu brodeln begann, ergriff Kathrin das Wort, mit dem sie Hannah vollkommen überraschte.

»Das muss ich gewesen sein. Du hast tief und fest geschlafen, als es an der Tür klopfte.«

Die Worte ihrer Mutter lösten in ihrem Bauch das Gefühl aus, ein riesiger Krake schlüge seine Tentakel in ihr umher. »Du hast doch nicht etwa aufgemacht«, flüsterte sie entsetzt.

Kathrin verzog das Gesicht und stöhnte mit zur Seite geneigtem Kopf: »Ich bin mir nicht sicher.«

»Du wirst doch wissen, ob du jemanden ins Haus gelassen hast«, drängte Daniel.

Sie blicke ins Leere. »Ich weiß auch nicht, ob das vielleicht ein Traum war. Da standen Kinder ... Ihre Augen waren ganz seltsam und ihre Stimmen fraßen sich in meinen Kopf, obwohl sie leise redeten.«

Alles verkrampfte sich in Hannah, ihre Seele erzitterte. Ihre Mutter beschrieb doch die Kinder, die sie selbst gestern abgewimmelt hatte und die gerade eben an ihrem Bett gestanden hatten! Oh nein! Hoffentlich ist das nur ein schlechter Traum, dachte sie.

Sie sah zu Hannah und faltete die Hände auf dem Tisch. »Je länger ich darüber nachdenke, umso realer erscheint es mir.«

»Und dann? Wo sind diese Kinder hin?«, fragte Daniel. In seinem Gesicht zeichnete sich eine Eingebung ab. »Oh Scheiße!«, fluchte er. »Der Fernseher war keine zwei Monate alt. Verdammte Einbrecher! Die werden immer dreister.« Wie von allen guten Geistern verlassen, stürmte er in den Flur.

Ungewöhnliche Stille entstand zwischen Hannah und ihrer Mom. Plötzlich kehrte Daniel wieder zurück. »Das ist seltsam.«

»Was haben sie mitgenommen?«, fragte Kathrin und tat offensichtlich so, als hätte sie niemals den Gedanken gehabt, dass mit den Kindern etwas nicht stimmte. Aber Hannah wusste es besser. Sie kannte ihre Mutter und erkannte den verzweifelten Versuch, das Unheimliche, Irreale zu verdrängen und Normalität vorzutäuschen. Doch die Grenze verwischte auch für Hannah immer mehr.

»Das ist ja das Seltsame! Soweit ich das in dieser Eile erkennen konnte, nichts. Alles steht noch an seinem Platz«, erwiderte Daniel und kratzte sich am Kopf. »Ich versteh das nicht.«

»Vielleicht ist das Türschloss kaputt. Wir sollten es überprüfen lassen.« Kathrin schien alles zu tun, den Gedanken an die nächtlichen Besucher zu verdrängen.

»Stimmt. Ich gehe das mal eben überprüfen«, antwortete er und verließ die Küche.

Hannah war froh, nicht offen mit ihr geredet zu haben. So, wie sie um den heißen Brei redete und versuchte, alles Irrationale zu verstecken, hätte sie Hannah für verrückt erklärt.

Unvermittelt beendete Kathrin das Beisammensein. »Na los, ab ins Bett!«

Ins Bett – das bedeutete, in ihr Zimmer. Doch dort hinein wollte sie auf gar keinen Fall mehr. »Ich schlafe unten.«

Kathrin wollte davon nichts wissen. »Das kommt überhaupt nicht infrage.«

»Aber Mom, ich kann da oben nicht schlafen. Es ist, als wären überall Augen, die mich anstarren.«

»Hannah, ich will jetzt nicht diskutieren. Du gehst in dein Zimmer.«

»Warum kann ich denn nicht hier schlafen? Ihr bekommt das doch gar nicht mit. Ich stelle mir auch den Wecker, damit ich wach bin, bevor du aufstehst«, verteidigte Hannah ihre Idee.

»Wenn dein Bruder wieder schlafwandelt und dich nicht im Bett findet ...«

Hannah unterbrach sie empört. »Immer geht es um Holden!«

»Muss ich erst deinen Vater holen?«

Das saß. Kathrin wusste genau, dass ihre Tochter Daniel nicht widersprach.

»Das ist wieder mal so typisch«, entgegnete sie und ließ ihre Mutter stehen.

Grimmig stapfte Hannah in ihr Zimmer. Mit langen Schritten hastete sie unter die Decke und zog diese über die Schultern. Immer wieder glitt ihr Blick zu der Tür. Dennoch fühlte sie sich nackt und so, als säße sie auf einem Präsentierteller.

Der Schlaf wollte sich einfach nicht einstellen, ganz egal, wie oft sie sich hin- und herwälzte. Einerseits war sie einfach zu verängstigt, andererseits hörte sie ihre Eltern noch lange reden.

Kathrin klang besorgt, als sie sagte: »Du hast wieder getrunken.«

Worte, die Hannah lange nicht mehr aus dem Mund ihrer Mutter gehört hatte. Worte, die sie wie an einem Gummiseil in ihre frühe Kindheit zurück katapultierten.

# Kapitel 7

## Schlechte Nachrichten

Am nächsten Morgen fühlte sich Hannah, als wäre eine Horde Elefanten über sie hinweggestampft. Energielos schleppte sie sich zur Treppe und schluckte den Kloß herunter, der seit dem Gespräch mit ihrer Mom noch immer in Hannahs Hals festsaß. Sie musste sich zusammennehmen, um den kleinen Miesepeter in ihrem Inneren zu unterdrücken.

Wortlos setzte sich Hannah an den reich gedeckten Frühstückstisch und warf einen Blick zu Kathrin, die gerade Pancaketeig in der Pfanne verteilte, als die Türklingel unerwartet schrillte.

»Ich geh schon«, sagte Daniel, faltete seine Zeitung zusammen und eilte aus der Küche.

Niemand reagierte auf Hannah. Es war, als wäre sie ein Geist. Niemand, bis auf ihren kleinen Bruder, der seine Hand auf die ihre legte und sich leise zu Wort meldete: »Tut mir leid.«

In dem Moment, als Hannahs Blick ihn erfasste, zog er seine Hand zurück und neigte den Blick hinab. »Ich wollte dich nicht erschrecken.«

Was war hier eigentlich los? Hatten ihre Eltern etwa Holden die Schuld für die nächtlichen Erlebnisse untergejubelt? Klar, er hatte sie bis ins Mark erschreckt. Dennoch konnten sie ihn dafür doch nicht verantwortlich machen. Deshalb rang sich Hannah ein Lächeln ab, berührte seine Schulter und bediente sich einer winzigen Lüge: »Du hast mich nicht erschreckt, nur geweckt.«

Holden wirkte irgendwie seltsam auf seine Schwester. Sie beschlich das Gefühl, dass ihn etwas ganz anderes beschäftigte, als nur die Tatsache, sie geweckt zu haben. Etwas, worüber er nicht reden wollte, das aber seine Seele offenbar belastete. Sein Blick huschte so schnell zu Kathrin und wieder zurück zu seiner Schwester, dass er fast unbemerkt geblieben wäre. Doch Hannah erfasste ihn und erkannte tiefe Besorgnis in den Augen ihres sonst so unbekümmerten kleinen Bruders.

»Das war keine Absicht. Ich kann mich auch gar nicht daran erinnern«, beteuerte er nun etwas lauter.

»Wir haben einen Platz im Schlaflabor bekommen. Der Anruf kam vorhin«, warf Kathrin ein, während sie einen weiteren Pancake auf den bereits wackeligen Turm legte. »Dr. Eric will sich deinen Schlaf genauer ansehen«, sagte sie zu Holden. »Vielleicht kann er dir was verschreiben.«

»Warte mal, ihr wollt Holden doch nicht etwa mit Chemie vollpumpen? Schon wieder Pillen? Das hatten wir doch schon. Es wird dadurch nicht besser«, tat Hannah ihre Meinung kund.

Kathrin schwieg, aber genau dieses Schweigen verriet Hannah, dass sie ins Schwarze getroffen hatte. »Mom, habt ihr eine Ahnung, was dieses Zeug in seinem Kopf anrichtet? Er ist sechs und ihr wollt ihn wieder unter Drogen setzen!«

»Was sind Drogen?«, fragte Holden in seiner kindlichen Naivität.

Hannah wusste nicht, was sie antworten sollte, also schwieg sie und überließ es ihrer Mutter, da wieder rauszukommen.

»Wenn du älter bist, erkläre ich es dir«, antwortete Kathrin ihrem Sohn. »Und jetzt iss deine Pancakes.«

Aus dem Flur kamen Schritte, die mal gleichzeitig, mal versetzt auftraten. Hannahs Blick huschte in dem Moment zur Tür, als sie ihren Dad erkannte.

Knapp hinter ihm tauchte Joe auf. »Morgen zusammen.«

Er sah Hannah an und blickte zu Kathrin, die noch immer so tat, als wäre nichts gewesen. Aber Hannah wusste genau, dass sie eine Maske aufgesetzt hatte, die so schnell nicht bröckeln würde. Darin war ihre Mom geübt!

Trotzdem bemerkte Joe recht schnell die dicke Luft zwischen ihnen. »Soll ich lieber wieder gehen?«

»Aber nein«, erwiderte Kathrin. »Setz dich doch. Ich hole dir einen Teller.«

»Nicht nötig, ich habe schon gefrühstückt«, erklärte er und warf Hannah einen raschen Blick zu.

»Mir ist auch der Appetit vergangen«, behauptete Hannah schroff und stand auf. »Komm, wir gehen hoch«, wandte sie sich an Joe.

Er sah sie fragend an, aber sie hatte jetzt keinen Nerv für Erklärungen und verließ die Küche, um wütend die Treppe hinaufzustapfen. Joe folgte ihr stumm. Erst, als sie in ihrem

Zimmer standen, wagte er es, ihre Laune zu hinterfragen.

»Ich will jetzt nicht darüber reden«, erwiderte Hannah und entdeckte aus dem Augenwinkel das Evanescence-Poster. Es lag auf dem Boden, als hätte es jemand heruntergerissen. Aber Joe hatte hierfür eine logische Erklärung.

»Tesa hält nicht lange auf feuchten Wänden.«

»Okay – bist du hier, um mich zu ärgern? Sieh dir das an. Da ist ein Riss drin. Der war da vorher nicht«, beschwerte sie sich.

»Nein, ich bin hier, um dich zu warnen«, antwortete er und glitt Hannahs Meinung nach haarscharf am Thema vorbei, was sie noch mehr verärgerte.

Hannah setzte sich auf den Bettrand und sah ihn von unten her an. »Lass mich raten. Du willst mich vor den Strotmans warnen. Oder gleich vor Fremden. Keine Sorge, ich weiß, dass man nicht mit Fremden mitgeht, auch wenn sie einem Katzenbabys versprechen.«

In Joes Gesicht erkannte Hannah die absolute Verwirrung. »Was? Nein, nicht vor denen«, erwiderte er und setzte nach: »Außerdem muss ich dir was sagen.«

Hannah wartete, aber er schwieg und senkte den Blick. Ganz so, als hätte er es sich anders überlegt. Doch diesen Meinungsumschwung ließ sie nicht durchgehen. Er hatte die Angel ausgeworfen und Hannah hatte nicht nur angebissen – sie zappelte regelrecht, während sich der Köder immer tiefer in ihr Fleisch bohrte.

»Raus mit der Sprache. Werden wir alle sterben? Geht die Welt unter?«

»Hannah«, bremste er sie aus. »Das ist nicht witzig.«

»Sorry, aber was kann schon so schlimm sein, wie einen Sechsjährigen mit Drogen vollzupumpen?«, erwiderte sie und bemerkte selbst, wie unsinnig das klang.

»Was? Nicht dein Ernst!«

»Na ja, es sind Medikamente gegen sein Schlafwandeln. Aber das ist alles dasselbe. Wie soll denn sein kleiner Körper eine Wagenladung Chemie verkraften?« Ein bisschen war das schon übertrieben, das wusste sie selbst, aber sie wollte es so heftig klingen lassen, dass auch Joe verstehen konnte, wie schlimm die ganze Sache mit den Pillen war. Deshalb ruderte sie auch nicht zurück.

Er zog eine Braue hoch, nahm ihre Hände und sah sie an. »Mach dir nicht immer solche Sorgen um den Zwerg. Die werden ihn schon nicht vergiften.«

»Das sagst du so einfach«, erwiderte sie und entriss ihm ihre Hände wieder, dann setzte sie sich aufs Bett und blickte zu ihm auf. Es hatte keinen Sinn, sich mit Joe über Behandlungsmethoden zu unterhalten, er gehörte zu der Sorte Mensch, der alles schluckte, was Linderung versprach. Also lenkte sie ein. »Worüber wolltest du mit mir reden?«

Joe schluckte. Dann näherte er sich Hannah und setzte sich ebenfalls auf das Bett neben sie. Es war nicht zu übersehen, dass er den Blickkontakt vermied. Nervös knetete er seine Hände und betrachtete diese.

Was auch immer ihn beschäftigte, musste so schlimm sein, dass es ihm zwar auf der Zunge brannte, aber nicht in hundert Jahren ausgesprochen werden wollte. Die Last auf seiner Seele war erdrückend. Das sah Hannah ganz genau – dafür musste er kein einziges Wort sagen.

Sie wusste aber auch, dass er in solchen Situationen einen kleinen Schubs brauchte. Wie sollte sie ihm denn helfen, solange sie nicht wusste, was ihn quälte? Eigentlich wollte sie ihn behutsam zum Reden anregen, doch ihre Zunge dachte gar nicht daran, auf einen wohlüberlegten Satz zu warten, und preschte einfach vor: »Oh Mann, das sieht nicht gut aus.«

Für einen Moment sah es aus, als hätte sie ihm einen Dolch ins Herz gerammt. Er schluckte, sah sie kopfschüttelnd an und seufzte. »Meine Mutter hat mich auf so einem beschissenen Internat angemeldet.«

Hannah blieben die Worte im Hals stecken. »Was? Aber warum?«

Joe zuckte mit den Schultern. »Sie hat Karten gelegt.«

Das durfte doch nicht wahr sein! Aufgrund eines bescheuerten Kartenblattes konnte sie doch nicht über die Zukunft ihres Sohnes entscheiden! Ungläubig starrte sie ihn an, bis sich ihr Verstand wieder einschaltete. »Aber, du glaubst doch diesen Quatsch nicht?«

Die Antwort darauf schien unter einem schweren Teermantel verborgen zu sein, denn erneut erhielt sie nur ein Achselzucken von Joe.

Hannah schwieg. Sie brauchte einen Augenblick, um die Tatsache zu verdauen, dass sie ihn wieder verlieren würde. Sie wischte sich eine Träne aus dem Auge und unterdrückte weitere, dann fragte sie mit brechender Stimme: »Und wo?«

»Das will sie mir nicht sagen. Aber ich habe herausgefunden, dass ich vier Stunden mit dem Bus brauchen werde, um nach Hause zu kommen.«

»Aber, warum denn? Hast du was angestellt?«, wollte sie wissen, dabei kannte sie Joe gut genug, um sicher sein zu können, dass er nie etwas Gravierendes tat. Kleine Neckereien, dabei blieb es dann aber auch.

»Sie meint, es ist zu meinem Schutz. Aber lassen wir das.« Er ließ seinen Blick über Hannahs Zimmer schweifen. Einige Kisten standen noch immer herum, doch der größte Teil war bereits ausgepackt.

»Wenn wir zusammen abhauen, musst du das alles hierlassen«, scherzte Joe und kassierte einen Seitenhieb mit dem Ellenbogen.

»Du wirst mir fehlen«, gestand sie.

Joes Miene wurde ernst. »Wenn du mich brauchst, werde ich da sein, versprochen«, sagte er und streichelte über ihre Wange.

»Blödsinn, das ist zu weit.«

»Für dich ist mir nichts zu weit«, beteuerte er, richtete sich auf und zog Hannah an seine Brust.

Eine Weile standen sie nur so da, als hätte die Welt aufgehört, sich zu drehen. Eine Weile, in der Hannah ihre Tränen unterdrückte. Sie konnte das nicht ernst nehmen, immerhin wusste er genau, dass er nicht einfach zu Fuß eine Strecke überbrücken konnte, für die ein Bus mehrere Stunden brauchte. Und sie kannte seine Mutter gut genug, um zu wissen, dass sie ihm kein Fahrgeld mitgeben würde. Nicht, weil sie keines hatte, sondern, um ihrem Sohn die Möglichkeit zu nehmen, ihre Entscheidung zu untergraben.

Als er die Umarmung lockerte, rann nun doch eine Träne über ihre Wange. Sie wischte sie rasch fort, damit er sie nicht entdeckte. Joe war indes abgelenkt, denn er fummelte in seiner Hosentasche herum und zog zwei blaue Bändchen hervor.

»Hier«, sagte er. »Gib mir deine Hand.«

Hannah tat, was er verlangte und reichte ihm ihr Handgelenk. Joe legte ihr das Bändchen an und verknotete es fest, dann reichte er ihr das zweite.

»Für immer. Jetzt du.«

Sorgfältig schnürte sie die beiden Enden zusammen und sah ihn an. »Wenn du dachtest, ich könnte dich vergessen, liegst du voll daneben. Ich brauche kein Band, das mich an dich erinnert.«

»Das wollte ich nicht hören«, beschwerte er sich.

Hannah verdrehte die Augen. »Also gut. Für immer. Besser?«

Ein zartes Schmunzeln huschte über seine Lippen. »Es soll dich beschützen. Meine Mutter hat es besprochen«, erwiderte Joe und setzte sich wieder auf die Bettkante. Der Abschied hing wie eine dunkle Gewitterwolke über ihnen.

»Ähm, warte mal. Ich dachte, du glaubst nicht daran.«

Er spitzte den Mund, dann sagte er etwas, das Hannah verwirrte: »Sie hat Karten gelegt.«

Und wieder diese bekloppten Karten, die überhaupt schuld daran waren, dass Joe weg musste. »Für mich? Ich dachte, sie hat sie für dich gelegt.«

Joe nickte. »Für uns beide.«

»Und? Weiter?«, drängte sie ihn, aber er betrachtete nur schweigend seine Hände.

»Sag schon.«

»Ja, keine Ahnung. Sie hat was von dunklen Mächten gefaselt«, murmelte er und blickte sie erwartungsvoll aus seinen grünen Augen an. »Versprich mir, dass du es tragen wirst.«

Hannah seufzte. Obwohl sie sich nicht sicher war, was sie von den Hexenkünsten seiner Mutter halten sollte, nickte sie. Sie würde es sowieso nicht ablegen, alleine schon, weil es von Joe kam.

Hannah setzte sich neben ihn und legte ihren Kopf auf seine Schulter.

Eine gefühlte Ewigkeit erfüllte eisiges Schweigen den Raum, bis Joe dieses plötzlich sprengte. »Wir sollten Nachforschungen anstellen.«

»Worüber denn?«

»Über das Haus. Ich muss dir das sagen, auch wenn ich nicht darf«, meinte er.

Hannah war verwundert und wartete auf die nächste Hiobsbotschaft.

»Ich soll ins Internat, weil meine Mutter verhindern will, dass ich mich hier aufhalte. Sie meint, hier gäbe es einen Dämon. Gestern Abend haben wir uns deshalb in die Haare gekriegt. Sie hat mich angeschnauzt, warum ich mich nicht einfach von dir und dem Haus fernhalten kann.«

Hatte er eben wirklich Dämon gesagt? Sie hatte seltsame Dinge erlebt, aber an einen Dämon konnte sie einfach nicht glauben. Das erschien ihr zu fantastisch. Hätte er von Geistern gesprochen, wäre sie wahrscheinlich darauf angesprungen. Sie wollte daran glauben, dass Verstorbene ihre Lieben besuchten, alleine schon, um ihre Oma um sich zu wissen. Dass es hier etwas gab, das ihr Bewusstsein nicht einordnen konnte, ließ sich nicht leugnen. Doch gleich an so obskuren Dingen wie Höllenwesen festzuhalten war für Hannah nur schwer vorstellbar. Auf der anderen Seite hatte sie schwarzäugige Kinder gesehen – mit ihnen sogar geredet. Und ihr Gefühl schrie sie regelrecht an, dass dieses Erlebnis mit keiner Rationalität dieser Welt zu erklären sei. Deshalb gestand sie sich ein, dass es klüger war, dieses Wort Dämon nicht ganz und gar aus ihrem Wortschatz zu verbannen – immerhin waren es ja nur Silben – eine Aneinanderreihung von Buchstaben. Was sollten diese schon bewirken?

Da Joe so weit ausgeholt hatte, überlegte Hannah kurz, ob sie ihm von den unheimlichen Kindern erzählen sollte, und atmete tief durch. »Also, ich bin mir nicht sicher, aber vielleicht weiß deine Mom mehr als wir«, setzte sie an, hielt einen Augenblick inne und fuhr fort. »Heute Nacht ist hier nämlich was ziemlich Schräges passiert. Da waren diese Kinder mit den tiefschwarzen Augen«, sagte sie und betrachtete Joe, dem plötzlich sämtliche Farbe aus dem Gesicht wich. Leichenblass starrte er sie an, als stünde hinter ihr ein Geist. Hannah warf einen raschen Blick über die Schulter.

»Was ist los?«

»Hannah, das ist nicht gut«, sagte er in einem ehrfürchtigen Ton, der ihr das Blut in den Adern gefrieren ließ.

»Was genau?«

Er neigte sich zu ihr herüber und flüsterte: »Die Kinder mit den schwarzen Augen.« Dann lehnte er sich wieder zurück. Blankes Entsetzen stellte sich in seinem Gesicht ein. »Du hast sie aber nicht reingelassen, oder?«

Nur langsam schüttelte Hannah den Kopf. »Joe, du machst mir Angst«, gestand sie und dachte an ihre Mom, die sich nicht sicher war, ob sie die Kinder gesehen, oder nur von ihnen geträumt hatte.

»Angst ist gut«, erwiderte er, während seine Augen immer größer wurden und er sie furchtsam anblickte. »Hast du mit ihnen geredet?«

»Ja, aber ich hab sie nur abgewimmelt«, antwortete Hannah. »Ob meine Mom sie reingelassen hat, weiß ich nicht. Das war ganz seltsam. Irgendwie glaube ich, die waren im Haus, aber sie kann sich nicht genau daran erinnern.«

»Verdammte Scheiße«, entglitt es ihm, ehe er aufstand, und einige Schritte durchs Zimmer ging. »Du darfst niemals mit ihnen reden, sonst haben sie dich«, brummelte er vor sich hin.

»Joe, was ist hier los? Du weißt doch was. Raus mit der Sprache!«, drängte sie ihren Freund, aber dieser blieb abrupt stehen und starrte sie mit leeren Augen an.

»Wir müssen zu den Strotmans. Sie kennen die ganze Geschichte und wissen vielleicht auch, wie man die Kinder wieder loswird. Das hoffe ich zumindest.«

Hannah schüttelte heftig den Kopf. »Auf keinen Fall. Die haben uns eine tote Katze ans Vordach gehängt. Wer weiß, wozu die noch so fähig sind.«

»Oh Mann, das hätte ich denen nicht zugetraut«, erwiderte er.

Hannah dachte an die bevorstehende Trennung und wischte ihre Furcht fort. Solange Joe bei ihr war, konnte ihr nichts geschehen, also stand sie auf und warf einen prüfenden Blick zu der verborgenen Tür.

»Vielleicht sollten wir nachsehen, was in der Kammer ist«, sagte sie.

Wie von der Tarantel gestochen, sprang Joe auf, machte einen Satz über das Bett und stellte sich vor die eingerissene Tapete. »Das ist die dümmste Idee, die du jemals hattest«, sagte er und versperrte mit ausgebreiteten Armen den Weg zur Kammer.

»Du verhältst dich total durchgeknallt«, warf sie ihm vor.

»Und wenn schon. Ich will nur deine Seele retten.«

Die Erinnerung an Holdens gruseliges Verhalten kroch durch ihren Kopf. »An dieser Stelle genau ... stand Holden ...«, sagte sie.

»Wie meinst du das?«

»Er stand mit der Stirn an der Tür und faselte irgendwas vor sich hin. So was wie: Du musst ihn befreien.«

Joe erstarrte in seiner Bewegung, dann ging er einen großen Schritt zurück und packte ihren Arm, um auch sie dazu zu bewegen, sich von der Tür zu entfernen. Eine Geste, die Hannahs Knie in Wackelpudding verwandelte. Jetzt erst begriff sie den Zusammenhang mit Joes Dämon.

»Wer ist er?«, wisperte sie.

Joe schüttelte nur langsam den Kopf. »Komm, es wird Zeit, einige Geheimnisse aufzudecken.« Rückwärts verließ er das Zimmer und zog Hannah mit sich hinaus. Einige Sekunden standen sie vor dem Raum und starrten zur Kammer, bis sich Hannah einen Ruck gab und die Tür zuzog.

# Kapitel 8

## Alte Kinder

Kathrin hatte ihrer Tochter ein bisschen Geld zugesteckt, damit sie unterwegs etwas essen konnte, was ihr nun gelegen kam, denn ihr Magen meldete sich lautstark. An einem Imbissstand genehmigte sie sich einen Burger und kaufte noch einen für Joe. Aber er bekam keinen Bissen von dem fettigen Ding hinunter. Dafür war es ihm einfach zu früh, also verschlang Hannah auch seinen und spülte mit einer Cola nach.

Am Ende der Jacksonstreet, die den Wald in zwei Bereiche teilte, stand das Grundstück der Strotman-Brüder. Bevor sie dieses jedoch betraten, blieb Joe wie angewurzelt stehen.

»Hannah, wenn wir da jetzt reingehen, tu mir den Gefallen und hör einfach nur zu, was sie erzählen. Auch, wenn du das Bedürfnis hast, sie als Lügner zu bezeichnen, tu das bitte nicht.«

Was er ihr damit sagen wollte, war Hannah nicht ganz klar. Aber so, wie es klang, würde sie gleich eine unglaubliche Story zu hören bekommen. Wortlos ging sie weiter, denn sie wollte keine Zugeständnisse machen, die sie vielleicht nicht einhalten konnte. Dafür war ihr Mundwerk einfach zu lose. Dennoch nahm sie sich fest vor, die Brüder nicht bloßzustellen.

Der ziemlich verwilderte Vorgarten war nicht gerade einladend. Rechts stand eine Rutsche und an dem dicken Ast einer alten Eiche baumelte ein großer Lkw-Reifen an einem dicken Tau. Überall lag Spielzeug herum, Bälle in verschiedenen Größen und ein Springseil waren quer über dem Weg zum Haus verteilt.

»Haben die Kinder?«, wollte Hannah wissen, als Joe die quietschende Gartentür öffnete.

Er verzog das Gesicht. »Nein«, sagte er und zog das Wort unnatürlich in die Länge.

»Wem gehört dann das Spielzeug?«

Er antwortete nicht, sondern ging schleunigst auf die Eingangstür zu. Aus dem Augenwinkel entdeckte Hannah zu ihrer Linken jemanden am Fenster. Als sie genauer hinsah, bewegte sich nur noch die vergilbte Gardine.

»Wir werden erwartet«, flüsterte sie Joe zu.

Er klopfte dreimal lang und einmal kurz. Die Tür ging auf und er trat ein, doch Hannah war nicht wohl bei der Sache. Ein flaues Gefühl arbeitete sich rasend schnell aus ihrem Bauch durch den ganzen Körper.

»Komm schon«, drängte Joe.

Sie rieb sich die Gänsehaut vom Arm und folgte ihm. Die Tür fiel hinter ihnen ins Schloss und ein mechanisches Lachen ertönte. Von der Flurdecke löste sich ein mit grauem Stofffetzen bezogenes Skelett und hielt genau auf die beiden zu. Hannah erschrak zu Tode, bis ihr auffiel, dass dieses Ding nicht echt war. Es baumelte an Seilen herum und kam nur langsam zum Stehen. Jemand kicherte.

»Okay, genug gespielt«, meinte Joe mit lauter und kräftiger Stimme.

Er nahm ihre Hand, was Hannahs Angststarre ein wenig löste. Zumindest soweit, dass sie ihm in einen Raum folgen konnte, der offenbar das Wohnzimmer der Strotmans war. Auch hier stapelte sich das Spielzeug. Die Möbel darunter waren nur zu erahnen und ein süßlicher Geruch stieg ihr in die Nase. Als hätte jemand eine Tonne Gummibärchen in Wasser aufgelöst.

Hinter einem Stapel Kartons lugte ein Kopf hervor.

»Kyle, Bill? Würdet ihr bitte hervorkommen?«, rief Joe.

Hannah fühlte sich in dem Chaos nicht wohl und wäre liebend gerne wieder umgekehrt, aber dann tauchte hinter ihnen jemand auf. Sie konnte seine Schritte hören und wandte sich rasch um. Einer der Brüder stand kichernd da und sah sie an. Ein seltsamer Anblick, wie sie fand. Ein alter Mann, der sich wie ein kleiner Junge verhielt.

»Gebt zu, euch sitzt der Schreck noch immer in den Knochen«, postulierte er, während sein Bruder hinter den Kisten hervortrat.

»Herzlich willkommen in unserem Reich des Schreckens«, sagte dieser und kicherte ebenfalls. »Ihr müsstet eure Gesichter mal sehen.«

»Schon gut, uns schlottern die Knie«, warf Joe ein. »Wir sind hier, weil wir Fragen haben.«

Schlagartig verstummten die Brüder.

»Kyle, es ist so weit«, meinte Bill.

»Bill, ich hab Angst«, erwiderte Kyle, dem der Spaß aus dem Gesicht geflohen war.

Bill legte eine Hand auf Hannahs Schulter, die unter der unerwarteten Berührung zusammenfuhr. »Es ist besser, wenn ihr wieder verschwindet«, sagte er und trat an ihr vorbei, ohne die Hand zu lösen.

»Aber ... Joe meinte ...?«, stammelte Hannah.

»Hannah hatte Besuch von den Kindern mit den schwarzen Augen«, klärte Joe auf.

Die Brüder wechselten einige verängstigte Blicke,
dann nickte Bill, als hätte gerade ein Gedankenaustausch zwischen ihnen stattgefunden.

»Kinder?«, fragten sie im Einklang.

»Ihr wisst doch, was ich meine«, drängte Joe.

Aber die beiden zuckten nur mit den Schultern. »Keine Ahnung.«

Hannah wurden diese Spielchen zu viel. Sie waren hier nicht willkommen. Angst hatte sie hierher gebracht und davon besaß sie verdammt viel. Von den beiden hatte sie sich Antworten gewünscht, aber die würde sie wohl nicht bekommen. Die Brüder vermittelten ihr das Gefühl, unglaubwürdig zu sein. Von Joe hätte sie erwartet, ernst genommen zu werden, aber er hatte sie ja erst hierher gebracht.

»Es reicht. Ich hab keinen Bock, mich verarschen zu lassen«, sagte sie und wandte sich zum Gehen um.

»Warte, es ist nicht so, wie du denkst«, rief ihr Joe hinterher und packte ihren Arm. »Du musst ihre Geschichte kennenlernen. Bitte, dann wirst du auch verstehen, warum sie so durchgeknallt sind«, setzte er nach und löste in Hannah ein Gefühl der Zerrissenheit aus.

»Hey, was soll das denn heißen?«, beschwerte sich Bill.

Joe warf ihm einen rügenden Blick zu und schüttelte den Kopf, dann wandte er sich wieder Hannah zu und sah sie eindringlich an.

Sie konnte ihm nicht widerstehen, wenn er diesen Blick aufsetzte – so von unten, so flehend. Seine Augen bekamen dann einen seltsamen Glanz, als könnte ihn ein Nein umbringen.

»Fünf Minuten«, räumte sie ein, dabei sah sie zu den Brüdern hinüber.

Bill und Kyle sahen aus, als gefiele ihnen diese Idee überhaupt nicht.

»Ihr habt sie gehört«, meinte Joe. »Also, keine Spielchen, keine Rätsel. Sagt die Wahrheit«, ergänzte er mit ernster Miene.

»Das können wir nicht tun«, stammelte Bill, aber Kyle schob einige Spielsachen auf der Couch zusammen und bat Hannah, sich zu setzen.

»Wir müssen«, antwortete Kyle.

Hannah weigerte sich zunächst, aber Joe riet ihr ernsthaft, es zu tun. Er nahm neben ihr Platz und umfasste ihre Hand, während Bill und Kyle sich je einen Hocker schnappten, um sich ihnen gegenüber hinzusetzten.

»Es geschah vor genau sechs Jahren«, begann Bill.

Sein Bruder fuhr fort: »Wir waren zu der Zeit neun Jahre alt.«

»Moment mal, ihr wart vor sechs Jahren neun?«, vergewisserte sich Hannah. Vor ihr saßen zwei Männer, die das zarte Alter von fünfzehn deutlich überschritten hatten. Sie schätzte sie auf Mitte vierzig.

Kyle nickte. »Auch, wenn das nicht so aussieht, sind wir doch nicht älter als du.«

»Sorry, wer soll euch das abkaufen?«

Joe stieß sie mit dem Fuß an. »Hannah, bitte. Ich hab dich vorgewarnt«, bremste er sie aus.

Sie seufzte. »Okay, weiter. Was geschah vor sechs Jahren?«, fragte sie und verdrehte die Augen.

In Kyles Gesicht spiegelte sich Verunsicherung wider. Er blickte Joe an, der ihn mit einem Nicken und einem freundlichen »Bitte« wieder in die Spur brachte.

»Also, vor sechs Jahren«, begann er und atmete tief durch. »In der Nachbarschaft erzählte man sich, dass seltsame Kinder unterwegs seien und nachts an die Türen klopften.«

»Sie hatten Augen, tiefschwarz wie eine Nacht ohne Mond und Sterne«, warf Bill ein.

»Ja, schwarz, wie das pure Böse«, übernahm Kyle wieder.

»Was wollten die Kinder?«, fragte Hannah.

»Sie wollten reingebeten werden«, erwiderte Kyle. »Aber da hörten die Erzählungen auch auf. Niemand wusste mehr, was geschah, nachdem sie das Haus betraten. Die Leute konnten sich einfach nicht mehr erinnern.«

Eine Mauer der Stille baute sich zwischen ihnen auf. Sie schienen am Ende ihrer Erzählungen angelangt zu sein. Hannah wollte aufstehen, aber Joe hielt sie zurück.

»Weiter«, drängte er.

Bill schluckte, Kyle kratzte sich am Kopf und sagte: »Das ist alles.«

»Was passiert mit den Familien, die Besuch von den Kindern haben?«, half er ihnen auf die Sprünge.

Kyle seufzte. »Sie verändern sich. Ihre Augen ... Dann ...«

»Sie flüstern einem unglaubliche Dinge ein«, führte Bill weiter aus.

»Was für Dinge?«

Kyle übernahm: »Sie reden mit dämonischer Zunge. Und sie bringen die Erwachsenen dazu, schlimme Sachen zu tun.«

»Es gab viele Beerdigungen in jenem Jahr«, unterbrach Bill.

»Dann haben die Kinder ihre Eltern ermordet?«, hinterfragte Hannah. Sie konnte sich nicht vorstellen, wie Kinder zu so etwas in der Lage sein sollten.

»Na ja, sie haben sie nicht selbst ermordet. Aber sie sorgten dafür, dass sie sich hassten. Und dann: Peng«, sagte Bill und klatschte in die Hände.

Hannah fuhr erschrocken zusammen.

»Die Kinder tragen etwas in sich, das direkt aus der Hölle stammt. Sie sind mit einem Dämon verbunden, der sie als seine Augen und Ohren nutzt«, fuhr er fort und erschauderte. »Sie sind das Verbindungsglied zwischen den Lebenden und der Hölle.«

»Eine Frau ...«, warf Kyle ein. »Sie steckt hinter alledem.« Er tauschte einen Blick mit Bill, der nervös auf seinem Hocker umherrutschte. »Sie hat eine dunkle Macht befreit. Ein Höllending. Als sie den Einfluss dahinter erkannte, nutzte sie diesen, um dem Altern entgegenzuwirken.«

»Die Kinder sind nicht lebendig, nicht tot«, ergänzte Bill flüsternd.

»Und ihre Körper altern rasend schnell«, fügte Kyle an.

»Woher wisst ihr das alles?«, wollte Hannah wissen.

Erneut warfen sich Bill und Kyle Blicke zu. In Bills Augen sammelten sich Tränen. Stille erfüllte den Raum, bis Kyle sie mit brechender Stimme sprengte. »Wir waren auf der anderen Seite.«

Verwirrt sah Hannah zu Joe hinüber. Er presste die Lippen aufeinander und zog die Brauen hoch. »Es stimmt«, sagte er schließlich.

»Aber ..., dann habt ihr ...«, sie konnte den Gedanken nicht aussprechen.

»Unsere Eltern in den Tod getrieben«, übernahm Kyle.

»Bill und Kyle sind erst vor Kurzem zurückgekommen. Man hatte ihre Körper im Irrenhaus abgegeben. Aber plötzlich erwachten sie aus ihrer Lethargie und wollten nach Hause.«

»Es gab keinen Grund, uns festzuhalten«, meinte Kyle. »Niemand konnte uns eine Schuld nachweisen. Die Untersuchungen ergaben, dass unser Dad erst Mom und dann ...«, er stockte, wischte sich die Tränen aus dem Gesicht und schüttelte den Kopf.

Hannah verstand auch so, worauf er hinauswollte und hakte nicht weiter nach. Sie konnte sich sehr gut vorstellen, wie schrecklich es sein musste, mit dieser Schuld zu leben.

»So wurden wir in die Obhut unserer Tante entlassen, die nun offiziell für uns sorgt«, übernahm Bill. »Aber als wir unsere Spiegelbilder sahen, konnten wir nicht glauben, dass wir das sein sollten. Uns starrten alte Männer aus dem Spiegel an, dabei waren wir doch bei unserem letzten Blick in den Spiegel neunjährige Jungs.«

»Oh mein Gott!«, rief Hannah aus und sprang auf, um einige Schritte zu gehen. »Konntet ihr euch daran erinnern, was mit euren Eltern geschehen war?«

Bill begann zu schluchzen und Kyle antwortete. »Seit neun Wochen und vier Tagen frisst uns die Erinnerung von innen her auf. Seit wir wieder da sind, vergeht keine Minute, in der wir nicht an Mom und Dad denken und an die schlimmen Dinge, die wir ihnen angetan haben.« Die Klangfarbe seiner Stimme wurde mit jedem Wort dünner. Er starrte auf den Boden. »Sie fehlen uns so sehr.«

»Was ist mit der Katze?«, wollte Hannah wissen.

Kyle neigte den Kopf etwas zur Seite. »Welche Katze?«

»Die tote Katze. Das Tier, das an unserem Vordach baumelte.«

»Wir wissen nichts davon«, beteuerte Kyle, Bill nickte hastig.

»Raus mit der Sprache!« In Hannah stieg Hitze auf.

Bill besah sich seine Schuhe. »Wir wollten euch nur beschützen. Wir dachten, dass eine Seele so gut ist wie die andere. Es war eine Opfergabe«, gestand er und kassierte einen Ellenbogenhieb seines Bruders.

»Verstehe«, meinte Hannah. Tatsächlich fügten sich die losen Enden zusammen.

»Sagt ihr jetzt noch, wer die Frau war, die dafür verantwortlich gemacht wird«, drängte Joe.

Doch beide schüttelten ihre Köpfe.

»Sagt es, sonst sage ich es!«, drohte er.

Kyle blickte zu ihm auf, warf Hannah einen raschen Blick zu und senkte den Kopf wieder, dann murmelte er einen Namen vor sich hin, den Hannah missverstanden zu haben hoffte.

»Editha Rosenberg.«

»Was? Nein, nein, nein, nein, nein!«, wehrte sie sich. »Das ist meine Oma. Nein, ihr irrt euch. Sie besaß ein wundervolles Wesen und hätte niemals einen Dämon heraufbeschworen.«

»Befreit«, verbesserte Joe sie. »Genauso habe ich es von meiner Mutter gehört. Gestern Abend. Sie hat mir einiges erzählt und dann darauf bestanden, dass ich auf ein Internat gehe.«

Entgeistert sah sie ihn an. »Warum hast du mir das verschwiegen?«

»Mach ihm keinen Vorwurf. Man sollte nicht über diese Dinge sprechen, die Hölle könnte einen hören«, nahm Kyle Joe in Schutz.

Diese Informationen schnürten Hannah die Kehle zu. Sie musste hier unbedingt raus, brauchte Zeit für sich, um über all das nachzudenken. In ihrem Kopf schwirrten Gedanken und Befürchtungen wild umher, eine Klaue legte sich um Hannahs Herz und drohte es zu erdrücken. Ihr Denken schaltete sich aus und überließ jede weitere Handlung Hannahs Beinen, die sie ohne Umwege aus dem Haus trugen. Erst, als das Gartentor hinter ihr zufiel, kam sie zum Stehen, stützte die Hände auf die Knie und versuchte, ihre Atmung wieder unter Kontrolle zu bringen.

Wenige Augenblicke darauf hörte sie die quietschende Gartentür und Joes Stimme traf sie wie ein Paukenschlag. »Warte, ich hab hier was.«

Unwirsch drehte sie sich um. »Was denkst du dir eigentlich? Warum schleppst du mich zu diesen Verrückten?«

Mit einem verdutzten Gesichtsausdruck musterte er sie.

»Guck mich nicht so an. Ich will nach Hause«, sagte sie und lief los.

»Du verstehst das nicht. Bleib doch mal stehen«, rief er ihr hinterher, aber sie blieb nicht stehen.

Warum auch. Er würde ihr sowieso folgen. Bliebe sie stehen, würde ihn ihre geballte Wut treffen. Also lief sie weiter.

»Wir brauchen einen Priester«, meinte er japsend, denn Hannah war ziemlich flink zu Fuß.

Sie machte wegwerfende Gesten und beschleunigte. Nichts von alledem wollte sie mehr hören.

»Hannah!«, rief er erneut.

Sie bemerkte, dass er stehengeblieben war, und verdrehte die Augen. »Okay«, sagte sie und wandte sich ihm zu. »Ich glaube an den Scheiß, weil ich ihn erlebt habe. Aber meine Großmutter da reinzuziehen ...« Ihr fehlten die passenden Worte, also unterließ sie jegliche weitere Ausführung, um ihrer tiefen Enttäuschung Ausdruck zu geben.

Er betrachtete einen Zettel in seiner Hand. »Hier, dieser Mann war dabei. Er kann uns helfen«, sagte er kleinlaut.

Es kostete sie Mühe, die Flüche, die sie ihm so gern an den Kopf geworfen hätte, von ihrer Zunge zu verbannen. Sie schöpfte tief Atem, hielt die Luft für einen Moment an und atmete dann weiter.

»Joe, ich mag dich wirklich sehr. Aber manchmal gehst du mir völlig auf den Keks. Diese Leute da drinnen ... die brauchen Hilfe. Aber nicht von einem Priester, sondern von Ärzten, die ihnen Medikamente verschreiben. Ich fasse es nicht, dass du den Mist glaubst, den die von sich geben«, erwiderte sie schroff und wollte weitergehen, aber ihr Gewissen meldete sich. Immerhin war sie es, die ihm von den seltsamen Erlebnissen erzählt hatte. »Hör zu, ich will jetzt nach Hause. Vielleicht, aber nur vielleicht denke ich über diesen Priester nach.«

»Beeil dich lieber mit dem Nachdenken, bevor es zu spät ist«, erwiderte er trocken und zog an ihr vorbei. Dann wandte er sich zu ihr um und grinste. »Wer zuerst da ist.« Er hatte kaum ausgesprochen, da rannte er los und ließ Hannah verdattert stehen.

»Das ist unfair«, schrie sie ihm hinterher, aber Joe war bereits so weit vorgerannt, dass er sie nicht mehr hören konnte. Also folgte sie ihm und rannte, als wäre der Teufel hinter ihr her. Gewissermaßen empfand sie das auch so, denn die Brüder Strotman waren ihr so unheimlich wie die Hölle selbst.

# Kapitel 9

## Eine dumme Idee

Hannah konnte nicht mehr. Das Herz schlug ihr im Hals und ihre Lunge drohte zu kollabieren. Das Haus konnte sie bereits ausmachen, aber von Joe fehlte jegliche Spur. Erschöpft blieb sie stehen und stützte sich an einen Baum, um wieder zu Atem zu kommen. Das Blut rauschte in ihrem Ohr, was sie fast wahnsinnig machte. Hinter dem Rauschen vernahm sie etwas, das klang wie: »Befreie ihn.« Erschrocken blickte sie sich um. Auf der anderen Straßenseite waren einige Jugendliche zu sehen. Sie unterhielten sich miteinander, aber niemand sah zu ihr herüber. Zwischen den parkenden Autos rollte ein roter Ball auf die unbefahrene Straße, ein kleiner Junge rannte hinterher und wurde von einem der Jugendlichen eingefangen. Hannah beschloss, dass sie sich das nur eingebildet hatte. Doch dann hallten die Worte erneut in ihrem Kopf. Die feinen Nackenhärchen stellten sich ihr auf.

»Wer ist da?«, rief sie, aber niemand antwortete. »Komm raus, ich hab dich gesehen«, setzte sie nach, in der Hoffnung, dass sich tatsächlich jemand hinter einem Auto oder einem Baumstamm versteckte, der ihr nur einen Streich spielen wollte. Doch außer den Jugendlichen auf der anderen Straßenseite war niemand zu sehen. Über ihren Rücken huschte ein kalter Schauer. Ein letztes Mal blickte sie sich um und nahm die Beine in die Hand. Sie rannte so schnell, dass sich das Gefühl einstellte, ihre Seele würde aus der fleischlichen Hülle rutschen. Mit schweren Beinen und einem Schmerz in der Brust erreichte Hannah endlich die Haustür. Joe lehnte an der Wand und wartete mit siegreichem Grinsen auf sie. Sie fummelte den Schlüssel aus der Hosentasche und hastete hinein.

»Hast du dich verlaufen?«, scherzte er.

»Sehr witzig«, japste Hannah und ging an ihm vorbei in die Küche, um dem Verdursten zuvorzukommen.

Auf dem Tisch stand eine alte Holzkiste mit allerlei verrostetem Werkzeug darin. Sie kümmerte sich nicht näher darum, schleppte ihren erschöpften Körper zum Kühlschrank und griff nach einer Cola. Hannah öffnete die Dose und trank so schnell, dass sie einige Male aufstoßen musste.

»Wow, wie ladylike«, foppte Joe aus dem Hintergrund, aber Hannah ging nicht darauf ein. Sie musterte die Kiste.

»Was ist das?«, fragte sie, wohl wissend, dass Joe ihr keine Antwort darauf geben konnte.

Doch einerseits wollte sie seine Neckereien unterbrechen und andererseits übte diese Kiste eine seltsame Anziehungskraft auf sie aus. Vielleicht war es auch nur Neugier.

»Werkzeug, würde ich sagen. Das braucht man, wenn man etwas reparieren will. Männer brauchen das«, witzelte er wieder.

»Dad«, rief sie laut und reagierte nicht auf Joes Anspielungen.

Schritte waren von der Treppe zu hören. »Hannah?«, antwortete Daniel und betrat die Küche.

»Was willst du damit?«, fragte sie im abfälligen Ton.

»Holden hat es im Schuppen gefunden. Außerdem kann man Werkzeug immer gut gebrauchen«, erwiderte er und entlockte Joe ein Kichern.

»Was ist mit dem, das Mom dir zum Geburtstag geschenkt hat? Dafür hätte sie ein neues Auto bekommen können.«

»Wo hat der Zwerg das denn gefunden?«, warf Joe ein und kam näher, um den Inhalt der Kiste zu inspizieren.

»Da ist doch diese Kammer in deinem Zimmer«, wandte sich Daniel an seine Tochter und hob den Finger.

Hannah verschluckte sich an ihrer Cola und musste husten. So stark, dass Joe ihr auf den Rücken klopfte. In ihrem Kopf hallten Edithas Worte und wurden immer lauter. Ehe sie etwas sagen konnte, fuhr Daniel fort: »Du weißt schon, diese Tür. Dein Bruder hat den Knauf gefunden.«

Hannah schluckte. Sie schüttelte mit weit aufgerissenen Augen den Kopf und sah ihn ungläubig an. Dann schwenkte ihr Blick zu Joe hinüber, der genauso aussah, wie sie sich fühlte.

»Nein Dad, das hast du nicht getan«, wisperte sie und verließ die Küche, um selbst nachzusehen, ob die Tür noch verschlossen war. Eine innere Kraft trieb sie an, sodass Hannah immer zwei Stufen gleichzeitig nahm.

»Hannah!«, erreichte sie Daniels Rufen, aber sie konnte nicht stehen bleiben, konnte auch nicht antworten, ehe sie nicht nachgesehen hatte, ob die Tür geöffnet war.

Wie in Trance erreichte sie das Zimmer und stellte erleichtert fest, dass die kleine Tür verschlossen war. Vorsichtig näherte sie sich dieser und berührte das freie Türblatt. Dabei riss sie sich einen Splitter ein und zog die Hand zurück. Etwas Blut quoll aus der Fingerspitze am winzigen Holzstück vorbei. Unbedacht saugte sie daran, um den Splitter zu befreien, aber er bewegte sich kein Stück.

»Zeig mal«, meinte Joe, der ihr unbemerkt gefolgt war.

»Kannst du mir mal sagen, was los ist?« Daniel schien nicht sonderlich begeistert vom Verhalten seiner Tochter und dementsprechend fiel auch der Ton aus. »Kannst du auch mal ein bisschen dankbar sein? Holden hat den ganzen Schuppen auf den Kopf gestellt, um das Ding zu finden«, setzte er drauf.

»Woher wusste Holden denn, dass der Knauf im Schuppen liegt?«, fragte Joe, während er an Hannahs Splitter herumfummelte.

Sie horchte auf. »Dad? Woher wusste er das?«

Mit zusammengezogenen Brauen kratzte sich Hannahs Vater am Kopf. »Ich ... Ähm«, stammelte er und blickte sich nervös um. »Ist doch naheliegend, dass so was im Schuppen rumliegt, oder?« Er fuhr sich über den Bart, das tat er immer, wenn er nicht weiterwusste. Hannah konnte genau erkennen, dass er verwirrt war. Wortlos verließ er das Zimmer und ging wieder runter.

Joe sah ihm hinterher. »Was war das denn jetzt?«, wandte er sich an Hannah, die ihm ihren Finger entzog und sich aufs Bett setzte.

»Okay. Nehmen wir mal an, dass diese seltsamen Brüder die Wahrheit gesagt haben.«

Neugierig sah Joe sie an.

»Ich meine das mit den schwarzäugigen Kindern. Den Rest lassen wir mal außen vor«, warf sie hinterher, um keine falschen Hoffnungen zu wecken. »Wenn sie die Menschen dazu bringen können, schreckliche Dinge zu tun, haben sie vielleicht auch Holden gezeigt, wo der Knauf liegt.«

»Klingt naheliegend«, meinte Joe.

»Wir müssen das beenden, aber wie kann man die aufhalten?«

Mit einem Zettel in der Hand wedelte Joe vor ihrer Nase herum. »Er kennt die Antwort«, sagte er euphorisch. »Pater Andrews. Er kann uns helfen.«

Ein Seufzen entfuhr Hannah. Sie rollte mit den Augen. »Der Typ, den die Strotmans empfohlen haben?«

»Hannah«, sagte er eindringlich und setzte sich mit angewinkeltem Bein neben sie. »Es spielt keine Rolle, wer ihn empfohlen hat. Und wenn wir uns nur ein bisschen Weihwasser besorgen. Verstehst du denn nicht? Wenn hier wirklich dämonische Mächte am Werk sind, dann kann dir nur jemand von der anderen Seite helfen.«

Sie schwieg, dachte darüber nach, was Editha wirklich hinter dieser Tür verstecken wollte, und konnte sich gegen eine aufblitzende Idee nicht wehren.

»Vielleicht ist das auch alles nichts. Vielleicht wollte meine Oma nur die Kammer verstecken, weil sie die nicht mochte. Vielleicht interpretieren wir zu viel da rein. Verstehst du? Jemand legt es darauf an, dass wir hier ausziehen, und hat die Strotmans auf uns angesetzt.« Daniels Gedanke schien ihr in diesem Augenblick logischer als dämonische Mächte.

»Spinnst du?«, fuhr er ihr über den Mund.

»Die wollten Dad das Haus abkaufen. Ich glaube nicht, dass die genug Geld dafür haben.«

»Da sei dir mal nicht so sicher. Den Strotmans gehörte die halbe Stadt«, klärte er Hannah auf, was ihr die Sprache für einen Atemzug verschlug.

Doch rasch erlangte sie diese wieder. »Na bitte. Die tischen uns so eine seltsame Story auf, damit wir ausziehen. Und wahrscheinlich waren die Kinder auch nicht echt. Statisten, die von den beiden engagiert wurden, um uns verdammt große Angst einzujagen.«

Erleichtert, endlich der Wahrheit auf die Spur gekommen zu sein, sah sie ihn an und wartete darauf, dass er irgendwas erwiderte. Aber Joe schwieg, seine Mimik verhärtete sich und er sah sie aus schmalen Schlitzen an.

»Und jetzt will ich wissen, was hinter der Tür ist«, sagte sie und sprang auf.

»Du hast sie ja nicht mehr alle«, beschwerte sich Joe und eilte ihr hinterher, denn Hannah rannte die Treppe hinunter.

»Dad, wo ist der Knauf?«, wollte sie wissen, als Daniel eine Umzugskiste im Wohnzimmer ausräumte.

Er blickte zu ihr auf. »Wozu? Ich dachte, du willst die Tür nicht öffnen.«

»Hab meine Meinung geändert«, antwortete sie, was Joe dazu veranlasste, zu gehen.

»Sag nachher nicht, ich hätte dich nicht gewarnt«, warf er ihr beim Verlassen des Hauses zu.

»Was ist denn mit dem los?« Daniel sah verwirrt aus, aber Hannah konnte jetzt keine Rücksicht darauf nehmen und fragte erneut nach dem Knauf. Ihr Vater blickte sich um, konnte ihn aber nirgends entdecken. Aus dem oberen Stockwerk schallte Holdens Lachen. Er unterhielt sich wohl mit jemandem, was Hannah nicht berührte, jedoch ihren Vater erstaunlicherweise umso mehr.

»Er spielt mit Mom«, schlussfolgerte sie, aber Daniel wich jegliche Farbe aus dem Gesicht.

»Deine Mutter ist einkaufen gefahren.«

Ihre Blicke trafen sich und verwoben miteinander. Hannah wusste nicht, was sie davon halten sollte. Das Gesicht ihres Vaters war von plötzlicher Angst gezeichnet. Hannahs Herz hämmerte wild. Voller Furcht folgte sie Daniel die Treppe hinauf. Sie malte sich aus, wie ihr kleiner Bruder die geheimnisvolle Tür geöffnet hatte.

Hannah erstarrte, als Daniel an ihrer Tür stehen blieb und nicht an der ihres Bruders. Sie hoffte, dass Holden nur mal wieder ungefragt an ihre Sachen ging und die geheimnisvolle Tür gar nicht beachtete.

»Raus aus meinem Zimmer«, rief sie und konnte nicht fassen, was sie sah.

Holden saß vor der mysteriösen Tür. Die Tapete war nun vollends abgerissen und die Fetzen lagen auf dem Boden verstreut. Der Knauf war angebracht und die Tür sah auf den ersten Blick zwar verschlossen aus, aber beim näheren Hinsehen erkannte sie, dass diese nur im Rahmen lehnte. Angst lähmte jeden weiteren Gedanken.

Holden kicherte, als würde ihn jemand kitzeln, dabei machte er entsprechende Verrenkungen. Aber es war niemand außer ihm in dem Raum. Plötzlich hob er vom Boden ab und schwebte eine Handbreit darüber. Hannahs Seele erstarrte.

»Holden«, rief sie verhalten.

Als hätte ihre Stimme sein Innerstes erreicht, sank er augenblicklich wieder zu Boden. Seine Ausgelassenheit schlug um und er sah sie ernst an, schwenkte seinen Blick zu Daniel und wieder zurück zu Hannah. Ihr Dad aber zögerte nicht. Mit einem großen Schritt betrat er leichenblass das Zimmer und drückte Holden an sich. Ohne sich umzusehen, warf er Hannah einen knappen Blick zu und eilte mit dem Jungen auf dem Arm hinaus.

»Du bekommst mein Arbeitszimmer«, bestimmte er streng im Vorbeigehen und hastete die Treppe hinunter.

Hannah war vor Angst erstarrt, sie spürte sich nicht, konnte nicht einmal denken. Erst, als ihr Vater nach ihr rief, löste sich die Steifheit aus ihren Gliedern. Sie tastete sich mit butterweichen Knien an dem Treppengeländer die Stufen hinunter.

»Hast du das gesehen?«, fragte er sie.

Hannah konnte nicht antworten, in ihrem Kopf hatte sich das Bild des schwebenden Jungen eingebrannt.

Noch immer hielt Daniel seinen Sohn fest an sich gedrückt und blickte sich suchend um. Dann riss er mit der freien Hand die Haustür auf und rannte hinaus. Hannah blieb den beiden dicht auf den Fersen. Doch kaum hatten sie das Haus verlassen, veränderte sich Holden. Seine Gesichtsfarbe verblasste und schwarze Schlieren erfüllten das Weiß seiner Augen. Hannah starrte ihren Bruder an, der sich mehr und mehr in etwas Gruseliges verwandelte. Er erinnerte sie an die Kinder, denen sie den Zutritt zum Haus verweigert hatte. Aber wie war das möglich?

»Dad«, rief sie.

Doch Daniel reagierte nicht. In dem Augenblick, als er den Rasen betrat, übernahm das Schwarz Holdens Augen gänzlich. Dunkle Adern traten an seinen Schläfen hervor und der Junge sackte auf dem Arm seines Vaters plötzlich zusammen. Daniel legte seinen Sohn auf den Rasen und schüttelte dessen Schultern, aber Holden blieb ohne Bewusstsein. Vom Nachbargrundstück schrie eine Frau. Hannah bemerkte sie aus dem Augenwinkel und sah zu ihr hinüber. Es war Joes Mutter, die wie wild mit den Armen wedelte und immer näher kam.

»Ins Haus, ins Haus«, schrie sie vollkommen außer sich.

Auch Daniel bemerkte sie und sah sie entgeistert an.

»Um Gottes willen! Bringen Sie das Kind ins Haus zurück«, verlangte sie.

»Rufen Sie einen Krankenwagen«, entgegnete Daniel mit verstörter Miene und bebender Stimme.

»Wollen Sie Ihren Sohn sterben lassen?«, fuhr sie Daniel an und schubste ihn zur Seite, sodass sie freien Zugang zu Holden hatte. Behutsam nahm sie ihn auf den Arm. Seine schlaffen Glieder baumelten an Joes Mutter hinab, während sie sich damit abmühte, den Jungen die Stufen zur Haustür hinaufzuschleppen. Sein Vater rappelte sich vom Boden auf und eilte der Frau mürrisch hinterher. »Lassen Sie ihn sofort runter, sonst können Sie was erleben«, drohte er.

Und plötzlich, als sie mit dem Kind die Haustür erreichte, hob Holden seinen Kopf und streckte den Arm nach Daniel aus.

»Daddy.«

# Kapitel 10

## Gefangen

Daniel nahm Holden aus den Armen der Frau entgegen und drehte langsam den Kopf nach hinten zu Hannah.

»Sie dürfen ihn nicht aus dem Haus nehmen. Er ist verbunden«, sagte die Frau mit Nachdruck und erschrak, als Daniel die Hand auf den Türknauf legte. »Suchen Sie einen Dämonologen auf«, fügte sie an und eilte die Stufen hinab.

Dabei fesselte ihr Blick Hannah. »Halt dich von Joe fern«, deutete sie tonlos mit den Lippen an, aber sie verstand Mrs. Strawer trotzdem. Schnellen Schrittes ging sie quer über den Rasen, bis zu der Stelle in der Hecke, durch die sie gekommen war. Hastig warf sie einen Blick nach hinten zum Haus und drückte sich geschwind durch die Lücke.

Hannah sah zu ihrem Vater, der Joes Mutter hinterher schaute. Erst als sie hinter der Hecke verschwunden war, glitt sein Blick zu Hannah rüber. In seinem Gesicht stand die Verwirrung ganz deutlich geschrieben. Sie näherte sich ihm und empfand es als großen Fehler, das Haus erneut zu betreten. Sie wusste, dass dort etwas lauerte, das ihr und ihrer Familie erheblichen Schaden zufügen konnte. Aber da war noch Holden, der offensichtlich an dieses Gemäuer gefesselt war. Ihr kleiner Bruder bedurfte jeglichen Schutzes, den er bekommen konnte. Also blieb ihr nichts anderes übrig, als zurückzukehren. Zurück in das Haus, das nun eng mit Holdens Schicksal verbunden war.

Daniel starrte sie an.

»Dad, wir müssen da wieder rein. Du hast gehört, was Mrs. Strawer gesagt hat«, sagte sie leise.

Ihre Skepsis Joes Mutter und ihren Hexenkünsten gegenüber hatte sich in diesem Augenblick in ein winziges Stäubchen verwandelt, das von der Erinnerung an die Geschehnisse davongetragen wurde. Mit bebendem Herzen und zitternden Knien betrat sie ihr Zuhause, das sich überhaupt nicht mehr nach Zuhause anfühlte. Kälte hatte sich über den Eingangsbereich gelegt, begleitet von etwas, das dem einfallenden Licht seine Stärke raubte. Daniel ging vorsichtig zur Treppe, warf seiner Tochter einen verlorenen Blick zu und streichelte Holdens Kopf.

»Pass auf deinen Bruder auf«, sagte er und setzte ihn ab.

Holden begann sofort zu weinen. Hannah ging zu ihm in die Hocke und nahm den Jungen tröstend in den Arm. Er vergrub sein Gesicht an ihrer Schulter und schluchzte bitterlich.

»Ist schon gut, Kleiner. Ich bin da«, redete sie auf ihn ein, dabei versuchte sie so beruhigend wie nur möglich zu klingen, was gar nicht so einfach war, denn Hannah war ebenso aufgewühlt.

»Dad«, rief sie.

Hannah hatte nicht gesehen, wo er hingegangen war. Daniel war mit einem Mal weg. Er antwortete nicht. Hinter ihnen wurde die Haustür geöffnet.

Das Herz blieb Hannah stehen. Sie erstarrte.

Sekunden vergingen, in denen sie sich ausmalte, wie die schwarzäugigen Kinder plötzlich hinter ihr stehen würden.

»Was macht ihr da?«, ertönte die erlösende Stimme ihrer Mutter.

Unvermittelt ließ sie Holden los und wandte sich ihr zu.

»Mom, es ist was passiert.«

»Ist was mit eurem Vater?«, fragte sie beiläufig, während sie die großen Papiertüten hineintrug.

»Mommy, Mommy«, rief Holden und rannte seine Mutter fast um. Er schlang seine Arme um ihre Hüfte und hielt sie einfach fest.

»Holden, mein Schatz, lass mich doch erst mal reinkommen«, erwiderte sie und befreite sich aus seiner Umklammerung.

Hannah griff Holdens Arm und zog ihn beiseite. Für ihren Geschmack befand er sich zu nah an der Tür und könnte jeden Augenblick in diesen seltsamen Zustand verfallen.

»Ruf Joe an«, wies Daniel Hannah an und kam die Treppe herunter gepoltert. »Sofort! Ich muss mit seiner Mutter reden.«

»Aber Dad«, wollte sie sich wehren, denn Mrs. Strawer hatte ihr unmissverständlich verdeutlicht, dass sie sich von Joe fernhalten sollte. In Anbetracht der Umstände empfand sie es als das einzig Richtige, wollte sie ihn nicht noch tiefer in die ganze Sache reinziehen.

»Tu, was ich dir gesagt habe«, fuhr er seine Tochter an und ging zur Kellertür unterhalb der Treppe.

»Was ist hier los?«, wollte Kathrin wissen und schob die Tür mit dem Fuß hinter sich zu.

Was sollte Hannah nur antworten, das ihre Mutter glaubte? Sie versteckte sich hinter der Anweisung ihres Vaters, zog das Handy aus der Hosentasche und wählte das letzte Telefonat aus der Anruferliste.

»Sorry, Mom, ich kann jetzt nicht.«

»Daniel«, rief sie lang gezogen und ging ihm hinterher, während sich Holden an Hannah schmiegte.

Er schob seine Hand in ihre und drückte diese fest.

»Hey«, hörte sie Joe sagen.

»Hey«, erwiderte Hannah verhalten. »Du bist vorhin so schnell weg«, warf sie hinterher, denn sie wusste nicht, wie sie ihn nach seiner Mutter fragen sollte.

»Hm«, brummte er.

»Hör mal«, setzte sie an. »Es ist was passiert.«

»Ich weiß. Ich hab dich gewarnt.«

»Joe, das ist nicht der richtige Moment für Vorhaltungen. Es ist was mit Holden«, erwiderte sie und hoffte, sein Interesse zu wecken.

»Ich darf mit dir nicht reden«, kam es zurückhaltend aus dem Telefon.

»Joe, bitte. Ich hab' solche Angst um Holden«, erwiderte sie mit bebender Stimme. »Ich glaube dir und ich glaube auch den Strotmans.«

Stille dröhnte aus dem Handy. Einzig Joes schwerer Atem war zu hören, was Hannah verunsicherte. Er hatte ihr versprochen, immer da zu sein, wenn sie ihn brauchte, und nun hatte es den Anschein, als würde er sie im Stich lassen. Gerade jetzt, da sie seine Hilfe so sehr benötigte.

»Verdammt«, rief er hart aus. »Ich komme rüber.«

Ehe Hannah den eigentlichen Grund ihres Anrufs auch nur andeuten konnte, legte er auf. Sie versuchte, ihn erneut zu erreichen, aber Joe ging nicht ran. Wenige Augenblicke später klopfte es auch schon an der Tür. Sie fuhr zusammen.

»Ist das Joe?«, wollte Holden wissen, doch darauf konnte sie ihm keine Antwort geben.

»Hör zu, Kleiner, du bleibst schön hier, und ich sehe nach.«

»Nein, ich komme mit. Ich bleibe bei dir. Daddy hat gesagt, du sollst auf mich aufpassen«, erwiderte er entschlossen und klammerte sich an ihren Arm.

»Autsch«, beschwerte sie sich und sah in das unschuldige, ziemlich verängstigte Gesicht ihres kleinen Bruders. »Okay, aber du bleibst hinter mir.«

Ein erneutes Klopfen hallte durch den Eingangsbereich. Hannahs Nackenhärchen stellten sich auf. Sie versuchte, sich damit zu beruhigen, dass die seltsamen Kinder bislang nur in der Nacht aufgetaucht waren. Aber dann drängte sich das Bild der geöffneten Kammer in ihr Bewusstsein, was alles wieder veränderte.

»Hannah, ich bins«, rief Joe.

Ihre Anspannung fiel sofort ab und sie eilte zur Tür, Holden wich nicht von ihrer Seite. Hastig öffnete sie und fiel mit dem freien Arm Joe um den Hals.

»Ich wusste, dass du mich nicht im Stich lassen würdest«, wisperte sie. »Komm rein.«

»Ich bin mir nicht sicher, ob ich das will«, erwiderte er und ließ seinen Blick voller Skepsis an ihr vorbei über den Eingangsbereich schweifen. »Ach Scheiße«, fluchte er, schob sie beiseite und trat ein.

Hannah schloss die Tür hinter ihm und ging voran ins Wohnzimmer.

»Können wir ohne den Zwerg reden?«, bat er.

Holdens Gesicht verzog sich. Hannah kannte diesen Ausdruck gut und befürchtete, dass jeden Moment dicke Kullertränen über seine Wangen rollen könnten.

»Es ist okay. Ich bringe dich zu Mom. Wenn wir geredet haben, hole ich dich wieder«, erklärte sie ihm sanft.

Sein weinerlicher Blick wanderte zu Joe hinüber, dann zurück zu Hannah. »Versprochen?«

»Das ist nicht dein Ernst, Daniel«, dröhnte plötzlich Kathrins Stimme durch das Haus. »Das ist ein jämmerlicher Versuch, den Termin im Schlaflabor zu sabotieren.«

»Oh nein, das habe ich befürchtet«, murmelte Hannah vor sich hin. »Sie glaubt ihm nicht.«

Wie ein Stier stürmte Kathrin ins Wohnzimmer. »Ich will sofort hören, was hier los ist«, schrie sie Hannah an.

Holden versteckte sich hinter seiner Schwester.

»Was hat deine Mutter damit zu tun?«, wandte sie sich an Joe.

Dieser senkte den Kopf. Hannah wusste, dass er in der Vergangenheit oft mit Anfeindungen dieser Art zu kämpfen hatte. Seine Mutter hatte den Ruf inne, eine Hexe zu sein, was viele einfach nur für einen Spleen hielten, andere für verrückt. Das ließen sie ausgerechnet Joe spüren, der sich normaler verhielt als die halbe Stadt.

»Joe!«

Langsam richtete er den Blick wieder auf. »Mrs. Goodman, ich weiß, dass das alles ziemlich schräg klingt. Aber es gibt Dinge zwischen Himmel und Erde, die wir nicht verstehen. Es ...«

»Hör auf mit dem Mist«, fuhr sie ihn an.

»Mom, ich hab es gesehen. Holden ist eine Handbreit über dem Boden ...«

Und wieder unterbrach Kathrin. »Was stimmt nicht mit dir und deinem Vater?« Kopfschüttelnd wandte sie sich um und ging einige Schritte im Zimmer auf und ab.

Hannah fragte sich, was die Meinung ihrer Mutter derart verändert hatte. Neulich war sie noch sehr verwirrt, als sie nicht wusste, ob sie den Kindern die Tür geöffnet hatte. Wie sollte sie ihr nur erklären, was mit Holden geschehen war? »Mom, er ist an das Haus gefesselt«, versuchte Hannah zu verdeutlichen.

Aber ihre Mutter hob die Hand und machte ihr klar, dass sie nichts davon hören wollte. Sie atmete schwer, setzte sich auf die Couch und barg das Gesicht in den Händen. Hannah hörte ihr leises Schluchzen und wollte sich zu ihr setzen, aber als sie sich näherte, sprang Kathrin wütend auf und schrie ihre Tochter an. »Das ist alles Edithas Schuld. Sie hat dich mit ihren Geschichten vergiftet und nun vergiftest du deinen Vater damit.«

»Mom«, Hannah konnte nicht glauben, was sie da hörte. »Oma hat damit nichts zu tun«, erwiderte sie schroff und warf Joe einen flehenden Blick zu.

Aber er rettete sie nicht aus der verzwickten Lage, sondern unterstrich Kathrins Aussage. »Sie brachte das Böse nach Alicetown.«

»Joe, wie kannst du mir in den Rücken fallen?«, beschwerte sich Hannah.

Ihre Mutter packte Holdens Arm und zerrte ihn zur Tür. »Er hat genug mitbekommen. Wenn ihr wieder klar denken könnt, ruft an. Ich fahre zu Daniels Schwester.«

Mit diesen Worten riss sie die Tür auf und trat hinaus. Holden strampelte, was sie dazu veranlasste, ihn auf den Arm zu nehmen. Hannah rannte hinterher.

»Mom, das darfst du nicht tun. Mom, er wird sterben. Bitte«, flehte sie, aber Kathrin reagierte nicht.

Sie ging die Stufen hinab. Doch kaum hatte sie den Rasen betreten, sackte der Junge auf ihrem Arm zusammen. Erschrocken rief sie seinen Namen – ohne Erfolg. Sie verlagerte seinen Körper auf beide Arme, sodass seine Glieder schlaff nach unten baumelten. Weinend drehte sie sich zu Hannah um, die ebenfalls mit tränenbenetztem Gesicht dastand und sie flehentlich anblickte.

»Kathrin«, rief Daniel und stürmte herbei, nahm ihre Schultern und schob sie mit sanftem Druck die Stufen hinauf.

»Warum?«, fragte sie mit monotoner Stimme, aber niemand hatte eine passende Antwort auf diese Frage.

Hannah vermutete, dass es am Haus lag. Sie wollte die Verbindung zwischen dem Spuk und ihrer verstorbenen Oma nicht wahrhaben. Sie sah sich um und entdeckte im Nachbarhaus eine Gestalt in einem der Fenster. Diese entfernte sich und zog die Gardine zu. Hannah schritt rückwärts ins Haus und schloss die Tür.

»Joe«, rief sie und drehte sich um.

Ihre Mutter stand mit Holden auf dem Arm im Eingangsbereich und weinte, aber es waren Erleichterungstränen, denn der Junge blickte sie an und streichelte ihre Wange.

»Weine nicht, Mommy«, sagte er mit seiner kindlichen Stimme, was Hannah in einen tiefen Strudel der Verzweiflung riss.

Wieso hatte es nicht sie selbst getroffen? Warum nur musste ihr unschuldiger kleiner Bruder unter dieser ganzen Sache leiden?

»Kannst du mir jetzt zuhören?«, fragte Daniel leise und nahm ihr den Jungen ab. Joe verließ das Wohnzimmer.

Sie nickte, schien aber mit ihren Gedanken ganz woanders zu sein. Dennoch ließ sie sich von Hannah dazu bewegen, sich auf die Couch zu setzen.

Joe kam mit einem Glas Wasser in der Hand zurück. »Mrs. Goodman, meine Mutter kann Ihnen alles erklären. Aber ich befürchte, dass sie dieses Haus nicht betreten wird«, meinte Joe und reichte ihr das Glas. »Sie müssten zu uns rüberkommen.«

Wie in Trance hob sie ihren Blick und starrte ihn an.

»Mom? Hast du verstanden, was Joe gesagt hat?«, vergewisserte sich Hannah, denn ihre Mutter sah aus, als stünde sie unter dem Einfluss schwerer Drogen. Sie warf Holden einen Blick zu und streckte die Hand nach ihm aus. Daniel setzte ihn ab und er rannte zu seiner Mutter, um sich auf ihren Schoß zu setzen.

»Mrs. Goodman?«

»Joe, es tut mir so leid. Ich habe meiner Mutter nie geglaubt«, sagte Kathrin und sah ihn eindringlich an, dabei liefen Tränen unaufhaltsam über ihr Gesicht.

»Mom, was meinst du?«

»Wir hätten niemals nach Alicetown ziehen dürfen. Alle wissen Bescheid und niemand wird uns helfen. Sie schauen weg, es kümmert sie nicht, was mit den Familien geschieht. Sie tragen alle Mitschuld.«

»Mrs. Goodman, Sie liegen verdammt richtig. Viele wissen es, aber meine Mutter wird Ihnen helfen«, versprach Joe, doch Kathrin ging nicht darauf ein.

»Hannah«, wandte sie sich an ihre Tochter. Sie nahm ihre Hand zärtlich und rang sichtlich mit den Worten. »Deine Oma ...«

»Nein, Mom«, wehrte sich Hannah und entriss ihr die Hand. »Was auch immer hier los ist, Oma ist tot und hat damit nichts zu tun!« Zorn stieg in ihr auf. »Wieso muss nur jeder auf einer toten Frau herumhacken, die sich nicht mehr wehren kann?« Hannah drehte sich um.

»Sie hat sich mit Okkultismus beschäftigt«, rief sie Hannah hinterher, als diese gerade wutentbrannt das Zimmer verlassen wollte. Sie hielt inne, wandte sich langsam ihrer Mutter zu und betrachtete sie. Daniel hatte immer ein Geheimnis um den Streit zwischen Kathrin und ihrer Mutter gemacht, und nun ergab alles einen Sinn.

»War das der Grund, warum du sie gehasst hast?«

»Hannah, ich habe sie nie gehasst«, erwiderte Kathrin. »Ich war nur nicht damit einverstanden, was sie tat. An meinem siebzehnten Geburtstag starb dein Opa«, sagte sie traurig und wischte sich die Tränen aus dem Gesicht. »Danach veränderte sie sich. Sie trauerte nicht um ihn, sondern genoss das Leben. Mein Bauchgefühl sagte mir damals, dass sie mit seinem Tod zu tun hatte und auch, dass die Nachbarn es wussten. Aber niemand wollte es hören. Das war der Grund, warum ich mich von ihr distanzierte. Als du geboren wurdest, habe ich den Kontakt wieder aufgenommen, um ihr das Enkelkind nicht vorzuenthalten.«

»Und trotzdem hast du mir erlaubt, sie jedes Wochenende zu besuchen?« Hannah konnte nicht verstehen, wieso ihre Mutter nicht schon eher mit der Sprache herausgerückt war.

»Sie hat dich geliebt wie ihr eigenes Leben«, erwiderte sie und verwirrte Hannah damit gänzlich.

»Aber, was hat Holdens Problem mit Oma zu tun? Glaubst du etwa auch, dass sie einen Dämon beschworen hat?«, wollte Hannah wissen.

»Sie hat mit dem Teufel gespielt«, mischte sich Joe ein und kassierte einen rügenden Blick von Hannah.

»Meinst du, je öfter du das sagst, umso glaubhafter wird das?«, griff sie ihn an, was zur Folge hatte, dass er seinen Blick senkte. Sie war sich sicher, dass er sich irrte. Genau wie alle anderen, die Editha verurteilten. Sie war ja geneigt, zu glauben, dass hier dämonische Mächte wirkten, aber nicht daran, dass ihre Oma sie entfesselt hatte.

»Und dann bat sie um Hilfe, das wieder loszuwerden, was sie entfesselt hatte«, brummte Joe.

Hannah hätte ihm liebend gerne den Hals umgedreht, wenn sie ihn nur nicht so gerne gehabt hätte. Aber wenn er nicht aufhören würde, ihre Oma in den Dreck zu ziehen, dann könnte er ganz schnell auf ihrer schwarzen Liste landen.

Offensichtlich verstand er nicht, wie dünn das Eis war, auf dem er sich bewegte, denn er ließ sich einfach nicht den Mund verbieten. »Meine Mutter kennt die ganze Geschichte. Sie kann helfen.«

Kathrin sah zu ihrem Mann hinauf. »Geh du zu Mrs. Strawer rüber, ich bleibe bei Holden.«

# Kapitel 11

## Wahrheiten

Hannah hatte sich ihrem Vater und Joe angeschlossen. Aber sie fühlte sich schlecht, weil sie nicht bei Holden geblieben war. Joe öffnete die Tür und bat beide herein.

Ein erdrückender Geruch empfing sie, erschwerte das Atmen und rief einen Würgereflex hervor. Sie nahm sich zusammen, atmete durch den Mund und versuchte, nicht daran zu denken. Das hatte also Joe damit gemeint, als er sagte, es rieche nach totem Hund. Die Fenster waren abgedunkelt, mitten am Tag waren sämtliche Lampen eingeschaltet.

»Mom?«, rief er und wartete auf eine Antwort.

»Ich weiß nicht, ob das so eine gute Idee ist«, zweifelte Daniel plötzlich und wandte sich zum Gehen um.

»Ich habe euch erwartet«, ertönte es hinter einem Vorhang, der beiseitegezogen wurde.

»Sie brauchen Hilfe, Mom«, sagte Joe.

»Ich hatte dir doch gesagt, dass du dich von ihnen fernhalten sollst!«, fuhr Mrs. Strawer ihren Sohn an. »Nun gut, du hast sie mitgebracht. Kommt, ich werde mein Möglichstes tun«, wandte sie sich an Hannah und ihren Vater und wies Joe an, draußen zu bleiben. Schließlich ließ sie den Vorhang hinter den beiden wieder zufallen.

Der Raum war von Kerzenlicht geflutet, die Luft erwärmt. Das war das Zimmer, das Daniel in ihrem Haus als Büro nutzte, der früher Hannahs Zimmer war und es nun wieder werden sollte. Nur, dass es hier aussah, als gäbe es keine Fenster. Diese waren mit schweren Vorhängen verdeckt, die sich von einer Wand zur anderen erstreckten.

Hannah konnte nicht genau ausmachen, ob sie sich wohl oder unwohl fühlte. Es war von beidem etwas. Der Reiz des Unbekannten sowie die Angst davor. Sie blickte sich um. An der gegenüberliegenden Wand stand eine Kommode, die unter einem weißen Tuch hervorblitzte. Dieses war mit allerhand goldenen Symbolen bestickt. Darauf standen Kerzen, deren Flammen selig brannten und einige Gegenstände, die Hannah nicht richtig einordnen konnte. Die klischeehafte Kristallkugel befand sich in der Mitte. Es gab keinen Zweifel daran, dass es sich hier um einen Altar handelte. Ein großer Spiegel war darüber angebracht und zur Hälfte mit einem schwarzen Tuch bedeckt. In ihm flackerten die Flammen, die auf dem Altar in aller Ruhe brannten. Wie war das nur möglich, dass dieser Spiegel die Realität verzerrte? Ihr Blick schwenkte zur Mitte des Raumes, wo sich ein großer runder Tisch mit vier Stühlen befand.

Mrs. Strawer nahm eine Messingschüssel vom Tisch und griff nach einem Zündhölzchen, das sie in eine Kerzenflamme hielt. Damit entzündete sie den Inhalt der Schüssel und entfesselte einen beißenden Geruch, der Hannahs Seele erdrückte. So hatte es im Eingangsbereich gerochen, aber das hier war viel intensiver. Es stank so stark, dass Hannah beinahe brechen musste. Erneut atmete sie durch den Mund und versuchte, sich einzureden, dass sie sich das alles nur einbildete. Mit mäßigem Erfolg, denn Mrs. Strawer kam mit dem Räucherwerk näher und wedelte den Rauch Hannah entgegen. Dieser benetzte sie nicht nur, sondern kroch in sie hinein wie ein Schmarotzer, der es sich in ihrem Körper gemütlich machen wollte. Ein Kratzen in ihrem

Hals entlockte Hannah einen Husten, der aus den Tiefen ihrer Seele zu kommen schien. Sie hustete so stark, dass sie vor ihrem inneren Auge bereits ihre Lunge auf dem Tisch liegen sah. Joes Mutter hielt ihr ein Glas Wasser entgegen, das Hannah dankbar annahm und es mit großen Schlucken in einem Zug leerte.

Doch ihr Vater mühte sich noch immer mit dem Husten ab, bis Mrs. Strawer mit den Fingern vor seinem Gesicht schnippte und etwas vor sich hin murmelte, das Hannah beim besten Willen nicht verstand. Es war eine Sprache, die sie nicht kannte und nie zuvor gehört hatte. Dann reichte sie auch ihm ein Glas Wasser. Hannah bemerkte den glasigen Blick ihres Vaters, mit dem er auf das Glas starrte. Doch er nahm es nicht entgegen.

»Ihr wurdet vom Bösen berührt. Das Wasser ist gesegnet«, erklärte Joes Mutter und schnippte erneut vor Daniels Gesicht, was den seltsamen Zustand sofort beendete.

»Danke, ich bin nicht durstig«, lehnte er ab.

Hannah wunderte sich. So, wie ihr Vater gehustet hatte, war sie sich sicher, dass sein Hals sehr trocken sein musste.

»Ich denke, das sind Sie doch, Sie wissen es nur nicht«, erwiderte Mrs. Strawer und reichte ihm erneut das Wasser.

Diesmal nahm Daniel es an und trank das Glas leer.

»Fühlen Sie sich besser?«, vergewisserte sie sich und versah ihn mit einem zufriedenen Lächeln, als dieser nickte.

»Die reinigende Wirkung wird leider nicht lange anhalten. Aber es wird genügen, Ihren Verstand zu entnebeln, solange Sie hier sind.«

Offenbar hatte sie sich tatsächlich in Joes Mutter geirrt. Sie sah nun mit eigenen Augen, welche Macht die Frau besaß. Das konnte kein Humbug sein, denn um einen Skeptiker wie ihren Vater zu überzeugen, brauchte es mehr als nur einen Spruch. Wie es aussah, konnte sie ihn zu Dingen bewegen, die er selbst ablehnte. Wie ein Feuer brannte Hannah eine Frage auf der Seele, die sie nun nicht mehr zurückhalten konnte. »Was ist mit meinem Bruder passiert?«

Mrs. Strawer betrachtete sie eingehend, drehte sich um und ging zum Altar. Sie hob die Decke an und zog ein Fach aus der Kommode.

»Was wissen Sie darüber?«, setzte Daniel nach, aber sie ließ sich nicht aus der Ruhe bringen und holte ein dickes Buch hervor, mit dem sie sich an den Tisch setzte.

»Kommen Sie, ich werde es Ihnen zeigen«, sagte sie und schlug das Buch auf.

Es sah sehr alt aus, war abgegriffen und die vergilbten Seiten wellten sich, als wäre es mal Feuchtigkeit ausgesetzt gewesen. Hannah setzte sich neben sie und ihr Vater nahm gegenüber von Mrs. Strawer Platz.

Sie blätterte in dem Buch und hielt inne. Dann suchte sie Daniels Blick, der unter ihrem nervös flackerte.

»Jetzt sagen Sie schon. Meine Frau ist mit unserem Sohn alleine in dem Haus. Was können wir tun, um dem Spuk ein Ende zu setzen?« Hannahs Vater wurde ungeduldig.

Sie befürchtete, dass er ausfallend werden könnte. Das hatte sie schon oft bei ihm erlebt, wenn man ihn warten ließ. Doch sie wusste, dass das hier nicht sehr hilfreich wäre, und versuchte, ihn zu besänftigen. »Dad, bleib ruhig. Mom passt auf Holden auf.«

»Ihr Sohn wurde genau wie Sie vom Bösen berührt«, erwiderte sie und blickte Hannah an. »Es sind finstre Mächte am Werk. Du darfst ihnen nicht dienen.«

»Aber, das tue ich nicht«, erwiderte Hannah verwundert.

Mrs. Strawer schlug eine Seite auf, die hinter einem handgeschriebenen Text eine Zeichnung von zwei Kindern mit schwarzen Augen aufwies.

»Du bist den Kindern begegnet«, sagte sie und starrte Hannah mit weit aufgerissenen Augen an.

»Aber ich habe sie abgewiesen«, erwiderte sie wahrheitsgemäß. Dennoch beschlich sie das Gefühl, dass es vielleicht genau das war, was die Kinder bezweckt hatten.

»Hast du mit ihnen geredet?«, wollte sie wissen.

Hannah sah zu ihrem Vater hinüber, dann wanderte ihr Blick langsam zu Mrs. Strawer. »Nicht geredet, so würde ich das nicht bezeichnen. Ich habe ihnen deutlich gemacht, dass sie verschwinden sollen. Aber meine Mutter«, sie hielt inne und fragte sich, ob sie das im Beisein ihres Vaters sagen konnte.

»Was ist mit Mom?«, fragte er sogleich.

Hannah seufzte. »Sie hatte da so ein Erlebnis, aber ich bin mir nicht sicher ...«, sagte sie und wurde von Mrs. Strawer unterbrochen.

»Oh, Hannah. Teufel und Dämonen legen immer einen Schleier des Vergessens auf ihre Missetaten. Deine Mutter hat die Kinder hereingelassen.«

»Woher wollen Sie das wissen?«, mischte sich Daniel unwirsch ein.

»Die Kugel hat es mir gezeigt«, gab Mrs. Strawer zur Antwort und senkte murmelnd den Blick, was Hannahs Seele erzittern ließ. Trugen etwa Hannah und ihre Mutter die Schuld an Holdens Zustand?

»Haben wir das mit Holden verursacht?«

»Ihr wusstet es nicht besser.«

Hannahs Vater strich sich über den Bart. »Jetzt sagen Sie doch schon, wie wir Holden helfen können.« Er wurde laut, was Hannah verunsicherte.

»Wie wollen Sie die Zukunft verändern, wenn Sie die Vergangenheit nicht kennen?«, erwiderte Mrs. Strawer in gemäßigtem Ton.

Doch das schien Daniel nur noch mehr anzustacheln. Besorgt betrachtete Hannah ihren Vater. Er faltete die Hände und neigte sich über den Tisch zu Joes Mutter hinüber. »Jetzt hören Sie mir mal genau zu. Mein Sohn wäre da draußen fast gestorben. Sie wussten, was zu tun ist. Und nun ist er bei meiner Frau. Sie sind alleine drüben und können sich nicht verteidigen, wenn etwas passiert. Wenn sie mir nicht sagen, wie ich ihm helfen kann, dann werde ich Sie anzeigen. Unterlassene Hilfeleistung, das sagt Ihnen bestimmt was«, zischelte er in einer Strenge, die selbst Hannah in sich zusammenschrumpfen ließ.

»Aber, ich habe doch geholfen. Außerdem will ich weiterhin helfen. Nur lassen Sie mich einfach nicht zu Wort kommen. Wenn Sie das Leben Ihres Sohnes retten wollen, setzt es voraus, dass Sie wissen, womit Sie es zu tun haben. Sonst kann Ihnen nicht einmal Gott helfen«, antwortete Mrs. Strawer gelassen.

Daniel schnappte nach Luft. Offenbar hatte er nicht mit dieser Antwort gerechnet. Wahrscheinlich hatte er mit gar keiner Antwort gerechnet.

Hannah hatte schon erlebt, wie es ausging, wenn ihr Vater in Fahrt geriet. Ihm gelang es meistens, die Menschen mundtot zu reden. Aber in diesem Fall wäre es nicht gerade hilfreich gewesen. Umso froher war sie, dass Mrs. Strawer nicht auf seine Drohungen einging. »Können wir jetzt bitte zum Thema zurückkommen?«, warf sie ein und ließ sich nicht anmerken, wie sehr sie darum besorgt war, dass Daniel alles zerstören könnte.

»Vor fast auf den Tag genau zweiundvierzig Jahren erstand deine Großmutter Editha eine Kiste auf einem Flohmarkt. Die Schnitzereien gefielen ihr gut und sie freute sich über das neue Dekorationsstück. Eines Tages entdeckte sie ein kleines Geheimfach auf der Unterseite. Darin fand sie den Schlüssel, der die Kiste öffnete. Doch Editha hatte keine Ahnung, dass sie ein Tchabrak, das Gefängnis eines Dämons geöffnet hatte. Eine hölzerne Kiste von der Größe eines Säuglingssarges, aufwendig verziert. Ich weiß nicht, wie sie es angestellt hat, aber er ließ sich auf einen Pakt mit ihr ein, von dem sie sich ewige Jugend erhoffte.«

Hannah musste sich so langsam eingestehen, dass ihre Oma nicht der Mensch war, für den sie sie all die Jahre über gehalten hatte. Sie schluckte. »Woher wissen Sie, dass meine Großmutter einen Pakt mit ihm eingegangen ist?«, fragte sie verhalten.

»Sie hat Pater Andrews ihren Fehler eingestanden und um Hilfe gebeten«, erwiderte Joes Mutter und schob Hannah das Buch zu. »Blättere bitte eine Seite vor.«

Auf der vorherigen Seite entdeckte Hannah einen Text, den sie nicht entziffern konnte. Die Aneinanderreihung von Silben machte einfach keinen Sinn. »Was ist das?«

»Das ist das Ritual, das Editha offenbar zur Wunscherfüllung verwendet hat«, antwortete Mrs. Strawer.

Hannah starrte die Silben ungläubig an. »Aber, das sind nur Buchstaben.«

»Das ist ein machtvoller Zauberspruch, der in Verbindung mit dem richtigen Ritual zu großen Dingen befähigt. Ich nehme an, dass sie damit den Dämon Shahur zu diesem Bündnis zwang. Wie mächtig eine Hexe auch sein mag, es besteht immer die Gefahr, etwas Böses aus der Unterwelt anzulocken. So ist es deiner Großmutter widerfahren. Unbedacht, die Risiken vollkommen aus den Augen verloren, hatte sie nur eins im Sinn: Jugend«, klärte sie Hannah auf und nahm das Buch wieder an sich. »Sie war besessen von der Vorstellung ewiger Jugend. Aber manchmal sind unsere Wünsche auch unser Untergang.«

»Dann hat sie wirklich Hexerei betrieben?«

Mrs. Strawer nickte. »Leider, ja.«

»Schön und gut«, mischte sich Daniel ein. »Wie können wir das beenden? Wie kann ich meinen Sohn retten? Oder entzieht sich das zufällig Ihrer Kenntnis?« Seine Stimme war kräftig, dennoch von Angst untermalt. In seinem Gesicht hatten sich tiefe Sorgenfalten eingegraben.

»Nun, wenn Sie sich verschließen, ist Ihr Sohn verloren. Shahur wird Ihren Geist vernebeln, Ihnen falsche Gedanken aufzwingen und Sie in den Wahnsinn treiben«, antwortete sie und stand auf. Mit beiden Händen stützte sie sich auf den Tisch und neigte sich zu ihm hinüber.

Hannah wusste, dass er zu weit gegangen war, konnte ihn aber auch verstehen. Immerhin ging es hier um Leben und Tod. Sie empfand Mrs. Strawers Ausführungen selbst als ziemlich langwierig. Zeit verstrich, in der sie hätten handeln können. Doch um ihren Vater zu besänftigen, sagte sie eindringlich: »Du wirst ihn nicht retten, wenn du nicht zuhörst.«

Er verschränkte die Arme vor der Brust und warf Hannah einen vernichtenden Blick zu. Sie schlug die Beine übereinander und hoffte, er würde sie nicht vor Joes Mutter zusammenstauchen. Das konnte er ziemlich gut, wenn ihn etwas reizte. Aber das hier war der falsche Zeitpunkt für Streitereien. So verkniff sie sich jeden weiteren Kommentar und hoffte, Mrs. Strawer würde ihn zur Ruhe bringen. Es ging hier immerhin um Holden.

»Hören Sie auf Ihre Tochter. Dieser Dämon, mit dem Sie es zu tun haben, wird nicht eher ruhen, bis er hat, was er will.«

»Und was will er? Was ist sein Ziel?«, drängte Daniel.

Sie setzte sich wieder und blätterte in dem Buch. Dann schlug sie eine Seite auf und schob es ihm zu.

»Was soll das?«, brummte er.

»Lesen Sie, aber lesen Sie leise«, erwiderte sie, betrachtete ihn eingehend und setzte nach: »Es ist nicht gut, solche Dinge auszusprechen.«

Mit einem mürrischen Blick zog er das Buch näher zu sich heran.

Nach einer Weile hob er den Kopf und betrachtete Joes Mutter skeptisch. »Unsere Seelen?«

»Pscht«, machte sie erschrocken und entriss ihm das Buch wieder. Dann schlug sie es zu und drehte es um, um es von hinten erneut aufzuschlagen. Hannah staunte, als sie eine Flasche darin sah. Diese lag in einer Ausbuchtung im Buch. Die Seiten waren in der Größe des Behälters herausgefräst und bildeten das perfekte Geheimversteck.

»Nehmen Sie«, flüsterte sie und reichte Daniel die Flasche. »Es ist Weihwasser und wird Ihnen etwas Zeit verschaffen.«

Er nickte, dann besah er den Behälter in seiner Hand. Hannah entdeckte das Aufblitzen eines kurzen Schmunzelns, bevor er die Flasche in seiner Hosentasche verschwinden ließ.

»Suchen Sie nach dem Tchabrak und einem Siegel.«

»In der Kammer war eine hölzerne Kiste«, sagte Hannah. »Und ein Buch unter einem Schädel.«

Erschrocken wandte sich Mrs. Strawer an Hannah. »Das Buch darfst du unter keinen Umständen anfassen. Es ist das Buch der Schatten. Deine Oma legte es an. Darin sind ihre Rituale verzeichnet. Es ist mit ihrer Energie geladen. Eine Berührung reicht aus, um dich in seinen Bann zu ziehen.«

»Ich habe es nicht angefasst«, beteuerte sie.

»Was denn für ein Siegel?«, wollte Daniel wissen.

»Sie werden es wissen, wenn Sie es gefunden haben«, antwortete Mrs. Strawer, stand auf und bat sie hinaus. »Bitten Sie einen Dämonologen um Hilfe«, riet Mrs. Strawer erneut.

Ihr Blick durchbohrte Hannah plötzlich. Sie wusste genau, was Joes Mutter ihr sagen wollte, und sie wusste, dass es keinen anderen Weg gab, Joe zu schützen. Also gab sie ihr mit einem zaghaften Nicken zu verstehen, dass sie verstanden hatte. Es würde ihr schwerfallen, sich von ihm fernzuhalten, doch es wäre viel schlimmer, ihn zu verlieren.

# Kapitel 12

## Flüstern

Es fühlte sich seltsam an, an den Ort zurückzukehren, an dem ein Höllenwesen nach ihren Seelen dürstete. Doch solange Holden das Haus nicht verlassen konnte, hatten sie keine andere Wahl, dessen war sich Hannah bewusst. Wenn es nicht um ihren kleinen Bruder ginge, wäre sie längst weggelaufen. Sie hätte sich in Sicherheit gebracht, solange sie dazu in der Lage war. Mrs. Strawer hatte mit keinem Sterbenswort erwähnt, was sie mit dem Wasser tun sollten. Sie hatte es ihnen einfach mitgegeben, als wären sie erfahrene Dämonenjäger.

Schon, als ihr Dad die Tür öffnete, schlug Hannah eine dichte Wand des Bösen entgegen. Schwere Traurigkeit umhüllte sie, drückte sie nieder und beraubte sie jeglicher Hoffnung. Ihr

Innerstes sträubte sich dagegen, tiefer in die Herberge des Bösen vorzudringen. Doch ihre Beine interessierte das nicht, sie übernahmen die Kontrolle und trugen sie ins Wohnzimmer, wo sich ihr ein seltsames Bild offenbarte.

Kathrin saß auf der Couch, die Knie aneinandergepresst, die Hände auf den Knien. Sie saß kerzengerade und lauschte dem Flüstern ihres Jungen. Er klebte regelrecht an ihrem Ohr. Hannah konnte nichts hören, oder gar verstehen, doch das musste sie auch nicht. Die Ahnung entfaltete sich in ihr, dass sie zu spät kamen.

»Holden?«, wisperte sie und hoffte sogar, er würde sie ignorieren, dann nämlich konnte sie sich umdrehen und gehen. Dämonen waren kein Fremdwort für Hannah. Mit Joe hatte sie sich oft Filme angesehen, in denen sich Dämonen der Körper ihrer Opfer bemächtigten. Aber niemals hätte sie das für wahr gehalten. Es waren doch nur Filme und nun steckte sie mittendrin. Wenn man den Filmemachern Glauben schenken konnte, waren diese Ausgeburten der Hölle hinterlistig und gefährlich. Keinesfalls wollte sie mit einem von ihnen Bekanntschaft schließen.

Eines aber belastete sie mehr als die Erkenntnis, einen Dämon im Haus zu haben. Sie fragte sich wieder und wieder, ob dieser Junge noch immer ihr kleiner Bruder war. Vielleicht hatte sich der Dämon Holden bereits geschnappt und dann seine Gestalt angenommen. Der Herzschlag trommelte in ihrem Hals, als Holden sich von Kathrins Ohr löste und seinen Kopf ganz langsam in Hannahs Richtung drehte.

Seine Augen waren schwarz wie eine Nacht ohne Sterne, ganz so, wie es Bill Strotman beschrieben hatte. Sie strahlten unheimliche Finsternis aus, die Hannahs Ängste schürte und sie zugleich mit einer tiefen Sehnsucht erfüllte. Blässe verbarg jegliches Leben und verschlang selbst seine Sommersprossen.

Ihre Blicke trafen sich. Hannah spürte, wie Holden tief in ihren Kopf drang, ja gar ihre Seele erreichte, die unter dieser Berührung erzitterte.

»Hannah? Kathrin? Holden?«, ertönte Daniels Stimme und hörte sich so fern an, als wäre er gar nicht im Haus.

Ihr Klang aber löste die Verbindung zwischen ihr und ihrem Bruder. Die Schwärze wich unvermittelt aus Holdens Augen, als wäre sie nie da gewesen. Farbe kehrte in sein Gesicht zurück und gab seine Sommersprossen wieder frei. Ein Lächeln umspielte seinen Mund, als er Hannah erkannte.

»Wo warst du so lange?«, wollte er mit kindlicher Neugier wissen, sprang auf und eilte ihr entgegen, um seine Arme fest um ihre Hüfte zu schlingen. »Ich hab dich vermisst.«

Seine Worte schnürten ihr angesichts seiner eben vollzogenen Wandlung die Kehle zu.

Daniel erschien in der Tür, er sah verwirrt aus. Sein Blick erfasste das Bild der innigen Umarmung und wanderte hinunter zu seiner Hand, in der er das Fläschchen hielt. Holden löste sich von Hannah, was sie dazu veranlasste, sich einige Schritte von ihm zu entfernen. Doch der Junge starrte sie mit traurigen Augen an.

»Magst du mich nicht mehr?«, fragte er.

Wie konnte er so etwas nur im Entferntesten annehmen? Er hatte einen festen Platz in ihrem Herzen, nur war sie sich eben nicht sicher, ob er auch wirklich Holden war. Zweifel fraßen sich durch ihr Bewusstsein und trieben ihr Tränen in die Augen.

»Holden, denk das niemals. Du bist mein Bruder und ich liebe dich«, erwiderte Hannah und schluckte einen Tränenschwall hinunter.

Kathrin stand plötzlich auf und ging wortlos an ihrem Mann vorbei. Sie sah wütend aus, als hätte sie ein schlimmes Geheimnis entdeckt, das Daniel eine lange Zeit lang vor ihr verborgen hatte. Der aber schien keinen blassen Schimmer zu haben, worum es ging und sah Hannah mit einem Fragezeichen im Gesicht an. Sie zuckte nur mit den Schultern. Was hätte sie denn auch antworten können?

Schritte hallten von der Treppe wider.

»Was will sie nur da oben?«, verselbstständigte sich Hannahs Gedanke und huschte über ihre Lippen.

Tiefe Sorgenfalten bildeten sich in Daniels Gesicht. Er schloss die Hand fest um das Fläschchen mit dem Weihwasser, warf Hannah einen entschlossenen Blick zu und folgte seiner Frau die Treppe hinauf.

Holden aber stand noch immer da. Er senkte den Kopf und betrachtete seine Schuhe. »Ich will nicht, dass du mich nicht mehr magst«, murmelte er.

Das war Hannah zu viel. Sie war alleine mit einem Wesen, das aussah wie ihr Bruder. Doch der Zweifel an seiner Erscheinung wurde immer stärker. Angsterfüllt stürzte sie aus dem Wohnzimmer und stolperte die Treppe hinauf. Sie suchte Schutz – und sie suchte ihn bei ihren Eltern.

Doch Hannah hatte nicht einmal das obere Stockwerk betreten, da wurde sie von Daniel schroff angefahren. »Bleib bei deinem Bruder.«

»Aber Dad«, widersprach sie, doch Daniel ließ nicht mit sich reden.

Sein vernichtender Blick traf sie wie ein Feuerball, in dem sie zu verbrennen drohte. Vor ihr lag brennende Wut und hinter ihr näherte sich Holden. Was sollte sie nur tun? Entgegen der Eingebung ihres Verstandes weigerte sie sich, wieder hinunterzugehen.

Wie angewurzelt stand sie da und sortierte ihre Gedanken, während sie Schritte von unten hörte. Ihr Blick erfasste Holden, der die Treppe hinaufkam. Also befanden sie sich hier oben jetzt alle zusammen. Wenn sie Hilfe brauchte, dann war sie wenigstens nicht allein. Vorsichtig stieg sie die restlichen zwei Stufen hoch und näherte sich ihrem Vater, der vor ihrem Zimmer stand. Sein Blick wanderte nervös zwischen dem Raum und Hannah hin und her.

»Was ist los? Wo ist Mom?«, wollte Hannah wissen, denn sämtliche Alarmglocken schrillten in ihr. Sie wusste genau – hier stimmte etwas nicht.

Daniel blieb seiner Tochter eine Antwort schuldig, stattdessen streckte er seine Hand mit der Handfläche voran nach ihr aus und deutete so an, sie sollte auf keinen Fall auch nur einen Schritt weitergehen. Doch genau das veranlasste sie dazu, nachzusehen, was in ihrem Zimmer vor sich ging. Also missachtete sie seine Warnung und näherte sich ihm mit bebendem Herzen und weichen Knien.

»Kathrin, geh weg von der Tür«, rief er.

Hannah saß der Schrecken in den Knochen, als sie mit eigenen Augen sah, was er meinte. Ihre Mutter zog die kleine Kammertür auf und berührte das Türblatt. Dabei erweckte sie den Anschein, von Ehrfurcht erfüllt zu sein. Staunend fuhr sie mit dem Finger über einige Zeichen, die auf der Innenseite geschrieben standen. Im schwindenden Tageslicht waren sie schwer auszumachen. Deshalb schaltete Hannah die Deckenlampe ein. Kathrin zuckte zurück, als hätte sie die Helligkeit aus einer Trance geholt. Mit versteinertem Blick sah sie sich um und taumelte nach hinten. Nun sah auch Hannah, was sich in der Kammer versteckte und traute ihren Augen nicht. Vorsichtig betrat sie das Zimmer und wurde von Daniel am Arm gepackt.

»Geh da nicht hin«, hörte sie ihn zwar sagen, aber eine andere Stimme übermalte die ihres Vaters. Diese ertönte direkt aus der Kammer und lockte sie honigsüß. Mit einem Ruck befreite sie sich aus seinem Griff und ging auf die Kammer zu, von der sich ihre Mutter rückwärts entfernte.

Darin befand sich der Altar. Er war von einer dicken Staubschicht überzogen. Zwischen zwei schwarzen Kerzenstummeln lagen der menschliche Schädel und eine hölzerne Kiste. Die Wände des Raumes waren schwarz gestrichen und trugen einige seltsame Zeichen, die Hannah nicht entziffern konnte. Trotz der Düsternis fühlte sie sich jedoch zu dem unheimlichen Arrangement hingezogen.

Und dann entdeckte sie das Buch, vor dem Mrs. Strawer sie gewarnt hatte. Es lag unauffällig unter dem Schädel. Jeder Warnung zum Trotz weckte es Hannahs Interesse. Sie streckte ihre Hand danach aus, um es zumindest zu berühren. Doch just in dem Moment, als ihre Fingerspitzen den Widerstand spürten, entsprang der rechten Kammerecke ein Gesicht, so weiß wie Schnee und so kalt wie das Böse selbst. Kreischend schoss es auf Hannah zu.

Von panischem Schrecken gepackt, verlor sie das Gleichgewicht, stürzte und landete auf dem Rücken. Schreie ertönten hinter ihr. Mit einer unbeschreiblichen Wucht schlug die Tür vor ihr zu. Das Gesicht drang durch das Türblatt, verblasste und nahm die Verlockung mit sich. Aber es weckte ein neues Interesse in Hannah, denn die Augen der Erscheinung würde sie überall wiedererkennen.

»Oma«, wisperte Hannah zutiefst erschrocken und starrte auf die Tür.

Jemand packte sie – zog sie nach hinten davon. Hannah blickte hoch und erkannte das verstörte Gesicht ihres Vaters, der sie panisch aus dem Zimmer zerrte. Das Blut rauschte in ihren Ohren und unterdrückte seine Stimme. Sie sah ihn schreien, aber sie konnte ihn nicht hören. Alles um sie herum verblich. Das Zimmer entfernte sich, um kurz darauf wieder auf sie zuzukommen. Sie nahm ihre Umgebung nur noch verzerrt wahr, wie in einem fehlerhaften Video, das man in Zeitlupe abspielte. Ein Schleier legte sich über Hannahs Bewusstsein und verdunkelte ihre Sicht. Dann lief ein Film in ihr ab:

*Sie fand sich im Krankenzimmer wieder. Die alte Frau, die in dem Bett lag und Edithas Namenschild am Handgelenk trug, hatte nichts mit der Großmutter gemein, die Hannah in ihrem Herzen trug. Sie verströmte einen seltsamen Geruch, der alle Hoffnung fortwischte und Raum für das Ende, für ihr Ende schaffte.*

*Ihr Blick wanderte am talgigen Arm hinunter zu den Fingern. Sie hätte schwören können, dass diese gerade gezuckt hatten. Wie gebannt starrte Hannah Edithas Hand an. Nichts. Sie tat ihre Wahrnehmung als hoffnungsvolle Einbildung ab.*

*Just im nächsten Augenblick fuhr sie zusammen. Nicht etwa vor Angst, eher aus der*

*Hoffnung heraus, ihre Oma würde zu sich kommen, denn die gerade noch reglosen Finger umschlossen nun Hannahs Hand fest.*

*Edithas Lider sprangen auf und sie starrte Hannah mit blinden Augen an. Ihr Gesicht versteinert, die Haut sah wie faltiges Pergament aus.*

*»Finde das Siegel«, sagte sie mit fester Stimme, kalt wie ein Morgengrauen im Winter.*

Ein Schmerz zuckte auf ihrer Wange, ein weiterer folgte. Sie konnte die Aufregung spüren, die um sie herum entstanden war. Vorsichtig hob Hannah die Lider.

»Gott sei Dank«, sagte Daniel erleichtert und sah zu Kathrin hoch.

Hannah brauchte einen Augenblick, um zu realisieren, dass sie sich im Wohnzimmer auf der Couch befand. Ihre Mom betrachtete sie besorgt, neigte sich zu ihr hinunter und streichelte ihre Stirn. Wie früher, als sie noch ein kleines Mädchen war und die Beziehung zwischen ihnen beiden unerschütterlich schien. Inzwischen war eine lange Zeit vergangen, die ihr einst schönes Verhältnis unter Streitereien und Missverständnissen begraben hatte, und sie ganz vergessen ließ, wie gut sich die Nähe ihrer Mom anfühlte.

»Ruh dich aus«, sagte sie sanft und drückte einen zarten Kuss auf Hannahs Stirn.

»Oma«, fiel Hannah plötzlich ein. »Sie hat gesagt«, fuhr sie fort und geriet ins Stocken, denn ihr wollten die Worte nicht mehr einfallen, die sie in ihrer Bewusstlosigkeit vernommen hatte. Sie war sich nicht einmal sicher, ob das wirklich ihre Großmutter war, die da zu ihr gesprochen hatte. Daniel starrte sie an. »Was hat Oma gesagt?«

Doch so sehr sie sich auch anstrengte, ihr Kopf war absolut leer.

»Schon gut«, erwiderte sie. »Nicht so wichtig.«

»Ich habe ein bisschen rumtelefoniert und bin bei dem hiesigen Priester gelandet. Pater Andrews erwartet mich. Du bleibst mit deiner Mutter und Holden hier«, meinte er und griff in seine Hosentasche. »Hier, nimm das.« Daniel legte das Fläschchen mit dem Weihwasser in Hannahs Hand und schloss ihre Finger darum. Dann neigte er sich zu ihr herunter und flüsterte: »Traue deiner Mutter nicht.«

Diese Aussage traf sie wie ein Komet. »Warum?«, wollte Hannah wissen.

Doch er richtete sich wieder auf, schüttelte den Kopf und legte seinen Zeigefinger auf die Lippen. Hannah wollte nicht in diesem Haus bleiben, sie hätte ihn lieber begleitet. Sie richtete sich auf und sah sich um. Bilder drängten in ihr Bewusstsein.

Einige von ihnen schoben sich unaufhaltsam in den Vordergrund, während andere nur kurz aufblitzten und wieder verblassten. Sie erinnerte sich an die Tür, hinter der sich ein Altar verbarg. Und auch an den Schädel, der ein Buch beschützte.

»Das Buch«, murmelte sie, als das Bild von Editha kräftiger wurde.

»Was denn für ein Buch?«, hörte sie ihre Mutter fragen, die sich ihr mit einem Glas Milch näherte.

»In der Kammer. Das Buch vom Altar«, erwiderte sie gedankenverloren, während Edithas Satz durch ihren Kopf hallte.

»Finde das Siegel«, huschte es über ihre Lippen.

»Wovon redest du?«, fragte Kathrin und reichte ihr das Glas.

Sie nahm es entgegen und blickte ihrer Mutter in die Augen. Sie waren leer und stumpf, was Hannah die Erinnerung an das Erlebnis in ihrem Zimmer wiederbrachte. Ihre Mutter hatte die Tür geöffnet. Sie hatte sich seltsam benommen und verhielt sich auch in diesem Moment nicht wie gewohnt. Hannah zog die Knie an und stellte das Glas auf dem Tisch ab.

»Liebling«, setzte Kathrin an und strich ihr eine Strähne von der Stirn. »Trink die Milch. Denk nicht so viel über das alles nach«, sagte sie. Ihre Stimme besaß eine Klangfarbe, die fast bezirzend auf Hannah wirkte.

»Später«, erwiderte sie und behielt ihre Mutter im Auge, während sie sich vorsichtig aufrichtete. Das Karussell in ihrem Kopf nahm volle Fahrt auf. Der Raum drehte sich und verzerrte Kathrins Gesicht zu einer teuflischen Fratze. Hannah hielt die Luft an, ihr Herz polterte und kalte Schauer jagten über ihren Körper. Der Versuch, die Fratze zu verbannen, indem sie die Augen schloss, scheiterte, denn das Bild brannte sich wie ein Mal in ihr Gehirn ein. Also öffnete sie die Lider wieder und vermied es, sie anzusehen. Nur langsam kam das Karussell zum Stehen und Kathrins Gesicht normalisierte sich.

Aber etwas war in Hannah zurückgeblieben. Etwas, das jegliches Vertrauen mit einem Schlag zerstörte und tiefen Zweifel in ihr pflanzte. Holden! Wie ein Blitz durchfuhr sie der Gedanke an ihren Bruder. Hannah begriff, warum ihr Unterbewusstsein diese Brücke baute. Genauso wie bereits bei Holden entfesselte sich ein Gefühl in Hannahs Bauch, das sie daran zweifeln ließ, ob das tatsächlich ihre Mutter war, die da vor ihr saß und mit ihr sprach. Verunsichert warf sie ihr einen kurzen Blick zu, nur um herauszufinden, ob sie etwas anderes als Leere in Kathrins Augen erkennen konnte.

Das Klingeln ihres Handys riss Hannah aus der Blase, in der sie gefangen war. Sie lehnte sich zurück, um es aus der Hosentasche zu holen. Ohne einen Blick auf das Display zu werfen, nahm sie das Gespräch an und stellte erleichtert fest, dass Joe sie nicht vergessen hatte.

»Hey«, ertönte seine Stimme.

Er rief genau im passenden Moment an. Denn so brauchte sie nicht erklären, warum sie das Wohnzimmer verließ. Sie tat es einfach und Kathrin hielt sie nicht auf. So musste sie sich auch nicht irgendwelchen Fragen stellen oder die Milch trinken, die sie ihr hingestellt hatte. Am Ende ist die Milch vergiftet, dachte Hannah.

»Wo bist du?«, fragte sie sehnsüchtig und drückte die kleine Flasche in ihrer Hand fester.

Sie brauchte ihn jetzt und hier, mehr denn je. Seine Nähe schenkte ihr Mut, und dieser war unumgänglich bei allem, was noch kommen konnte. Intuitiv klemmte sie das Handy zwischen Ohr und Schulter und öffnete den Schraubverschluss. Neugierig roch sie daran, verschloss die Flasche wieder und schob sie in die Hosentasche zurück.

Er hatte nicht geantwortet. »Joe?«

»Gleich da«, erwiderte er.

Die Worte seiner Mutter drängten in Hannahs Bewusstsein. *»Halte dich von ihnen fern«*, hatte sie gesagt.

»Nein, Joe. Du darfst nicht herkommen«, erwiderte sie. »Es ist zu gefährlich.«

Er lachte hysterisch auf. »Deshalb komme ich ja rüber. Oder meinst du etwa, ich lasse dich mit der Scheiße alleine?«

Sie schwieg. Einerseits wollte sie ihn um sich haben. Aber das bedeutete, ihn zu gefährden. Andererseits kannte sie ihn manchmal besser als er sich selbst. So wusste sie auch, dass er sich nicht abwimmeln lassen würde. Deshalb erwiderte sie nichts, ging zur Tür und öffnete diese einen Spaltbreit. Und dann sah sie ihn auch schon im Laternenlicht über den Rasen flitzen.

# Kapitel 13

## Pater Andrews

»Du solltest nicht hier sein«, flüsterte Hannah ihrem Freund zu. Dieser aber zuckte nur mit den Schultern.

So leise sie konnte, schloss sie die Tür hinter ihm und wies ihn an, still zu sein. Keinesfalls wollte sie, dass Kathrin oder Holden mitbekamen, dass Joe im Haus war, bevor sie ihn auf den neusten Stand gebracht hatte. Sie zog ihn in Daniels Arbeitszimmer, wo sie ihm vom seltsamen Verhalten ihrer Mutter berichtete.

»Holden hat ihr etwas eingeflüstert und ich bin mir sicher, dass ihr leerer Blick damit zu tun hat«, sagte sie und ging zur Tür, um sich davon zu überzeugen, dass sie ungestört waren.

»Vielleicht irrst du dich auch, und sie hat nur ziemlich großen Schiss«, warf er ein.

Hannah drehte sich zu ihm um und starrte ihn an. Glaubte er ihr etwa nicht? »Hey, ich kenne meine Mutter besser als du«, erwiderte sie und ging zum Fenster, um nachzusehen, ob Daniel endlich zurückkäme. »Mom wird hysterisch, wenn sie Angst hat.«

»Verstehe«, brummte er im Hintergrund. »Wie gehts deinem Dad? Ist er auch ...?«

»Verändert?«, ergänzte Hannah und wandte sich ihm zu. »Ich weiß nicht. Er ist noch immer sehr emotional. Aber neulich habe ich gehört, wie Mom mit ihm gestritten hat. Er soll getrunken haben, wie früher. Wenn das stimmt, dann kann das ganz schnell zur Gewohnheit werden. Vorhin hat er deine Mutter nicht ausreden lassen.«

»Ich weiß«, erwiderte er und hob eine Augenbraue.

Hannah versah ihn mit einem fragenden Blick.

»Schon vergessen, dass wir im Haus keine Türen haben? Alles ist hinter dicken Vorhängen verborgen. Dick heißt aber nicht schalldicht, wenn du verstehst«, verteidigte er sich. »Dein Dad war ganz schön laut.«

So langsam wurde Hannah ungeduldig. »Wie weit ist es zu Pater Andrews?«, wollte sie wissen.

Es war bereits weit nach zehn und sie machte sich Sorgen. Daniel war nicht nur in Gesprächen sehr ungeduldig, sondern auch bei roten Ampeln.

»Weißt du etwa nicht, wo die Kirche ist?«, fragte er vorwurfsvoll.

»Ich bin nicht gläubig«, erwiderte sie und ärgerte sich über seine Erwartungshaltung. »Falle ich jetzt dafür in Ungnade?«

Er lachte. »Bei mir doch nicht. Ich weiß es auch nur, weil die neben meinem Zahnarzt ist«, gab er zurück und beantwortete schließlich ihre Frage. »Mit dem Auto braucht dein Dad nicht lange hin. Dann muss er Pater Andrews noch überzeugen. Das wird nicht einfach.«

Sie stutzte. »Warum denn überzeugen? Ich dachte ...«

Er unterbrach sie. »Beim letzten Mal wäre der Priester fast im Fegefeuer gelandet.«

Das warf ein ganz anderes Licht auf die Sache. Hannah hoffte, ihr Vater würde ruhig mit dem Mann reden. Ruhig und sachlich.

»So, wie ich Dad kenne, wird er ihn entführen müssen«, schlussfolgerte Hannah und ließ sich in Daniels Chefsessel fallen. Sie drehte sich auf dem Stuhl hin und her, während sie darüber nachdachte, was sie tun könnten, wenn es ihnen nicht gelang, den Mann für ihre Angelegenheit zu gewinnen.

Leider fiel ihr nichts weiter ein. Daniels Laptop stand geöffnet vor ihr. Der Bildschirm war schwarz. Sie berührte das empfindliche Touchpad und stellte zu ihrer Freude fest, dass er vergessen hatte, das Gerät herunterzufahren.

»Was wissen wir über unser Problem?«, fragte sie und straffte ihre Schultern.

»Was meinst du?«

»Die schwarzäugigen Kinder, der Dämon, Holden und seine Bindung ans Haus. Was wissen wir noch?«, hakte Hannah nach und rief die Suchmaschine auf.

Ohne Umschweife gab sie *Strotman, Billy und Kyle* in die Suchmaske ein und bestätigte.

»Wonach suchst du überhaupt?«, warf Joe ein.

Sie antwortete nicht, sondern starrte auf die Ergebnisse. Jedes einzelne von ihnen handelte von den beiden Brüdern. Sie rief den ersten Eintrag auf und wartete, bis sich die Seite aufbaute.

»Keine Ahnung. Nach Brotkrumen, die uns aus der Bredouille führen.«

»Brotkrumen«, wiederholte er skeptisch.

»Wie bei Hänsel und Gretel«, erwiderte sie und vertiefte sich in den Text.

*Eine schreckliche Tragödie ereilte in der Nacht zu Sonntag Alicetown. H.J. Strotman erlag seiner psychischen Erkrankung und erwürgte seine Ehefrau mit bloßen Händen. Danach stach er mehrfach auf sie ein und beendete sein eigenes Leben, indem er sich an einer Eiche im Garten erhängte. Die Eheleute hinterlassen zwei Söhne im Alter von neun Jahren. Die Jungen stehen unter Schock. Der ansässige Priester fand die Leichen der Eltern und informierte die Polizei. Er sprach sich dafür aus, die Hinterbliebenen zur Beobachtung in einer psychiatrischen Anstalt unterzubringen. Inwieweit der Priester Mitschuld an der Tragödie trägt, ist bisweilen noch unklar. Fakt ist, dass H. J. Strotman seine Psychotherapie abbrach, um sich von Gott leiten zu lassen, wie er mehrfach gegenüber Anwohnern verlauten ließ.*

»Scheiße!«, entfuhr es Hannah. »Der ansässige Priester stand im Verdacht, etwas mit dem Tod von Mr. und Mrs. Strotman zu tun zu haben. Sag mir bitte, dass damit nicht Pater Andrews gemeint ist.«

»Ich weiß auch nur das, was mir meine Mutter im Streit um die Ohren gepfeffert hat. Zeig mal her«, sagte er und blickte über ihre Schulter auf den Text.

»Hast du schon mal von Massenhysterie gehört?«, sprach Hannah ihren Gedanken laut aus.

»Du meinst, dass das alles nur Einbildung sein könnte?«

Jetzt, da er es auf den Punkt brachte, klang es für sie nicht mehr so logisch. Immerhin hatte Hannah mit eigenen Augen gesehen, wie Holden vom Boden abgehoben war, und auch die schwarzen Augen hatte sie sich ganz bestimmt nicht eingebildet. Hannah seufzte resigniert.

»Keine Ahnung. Aber wenn man dem Artikel Glauben schenken kann, dann war Mr. Strotman psychisch krank. Vielleicht ist er einfach durchgedreht«, sinnierte sie, aber Joe hatte bereits die passende Antwort darauf.

»Nein, das glaube ich nicht. Du vergisst Kyle und Bill. Warum noch mal sind ihre Körper so schnell gealtert?«, fragte er zynisch.

»Progerie?«

»Das sieht anders aus«, behauptete er. »Den an Progerie Erkrankten sieht man an, dass da was nicht stimmt. Sie wachsen altersgemäß und altern dabei, sie sehen aus wie alte Kinder. Aber die Körper der beiden sind einfach erwachsen geworden.«

»Ich weiß ja auch nicht«, gab Hannah zu. »Ich versuche doch nur, eine logische Erklärung für all das hier zu finden.«

Er legte seine Hände auf ihre Schultern und massierte diese mit sanftem Druck. Doch unvermittelt hörte er auf und drehte ihren Stuhl zu sich herum. Hannah schaute ihn fragend an.

»Sag mal – deine Oma, ist die nicht auch extrem schnell gealtert?«, wollte er wissen, dabei sah er sie an, als hätte er soeben die Antwort auf alles entdeckt.

»Ja, aber sie war ja schon alt. Nur, dass man ihr die Jahre erst am Ende ansah«, erwiderte sie und wusste nicht, worauf er hinauswollte.

»Überleg doch mal. Meine Mutter sagte, sie hätte ihre Jugend erhalten wollen, oder so ähnlich. Als sie ins Krankenhaus kam, kamen auch Kyle und Bill wieder zu sich. Sie alterte, während die beiden aufhörten zu altern«, schlussfolgerte er und sah Hannah erwartungsvoll an.

»Was haben sie gemeinsam?«, sinnierte sie und stand auf, um einige Schritte im Zimmer auf und ab zu gehen.

»Den Priester«, warf Joe ein. »Er hatte seine Finger bei den Strotmans im Spiel und auch bei deiner Oma.«

»Pater Andrews?«

Ein Geräusch riss Hannah aus ihren Überlegungen. Sofort eilte sie zur Tür, um zu lauschen.

»Wer ist das?«, wollte Joe wissen.

Stimmen waren zu hören. Ganz deutlich erkannte sie die ihres Vaters und öffnete die Tür.

Doch statt ihm gegenüberzustehen, starrte sie in die dunklen Augen ihres Bruders. Das Schwarz füllte diese vollends aus und breitete sich in feinen dunklen Adern über die Schläfen aus.

»Holden«, sprach sie ihn unsicher an.

»Weg von ihm, dieser Ausgeburt der Hölle«, schrie jemand.

Hannah trat zurück, ihr Blick schweifte zu dem Mann. Einem Priester, dessen schlohweißes Haar nach hinten gekämmt war. Seine tiefen Augenränder zeugten von einem entbehrungsreichen Leben.

»Pater Andrews«, schlussfolgerte sie leise murmelnd.

Holden hielt inne und drehte seinen Kopf langsam in die Richtung, aus der die Stimme gekommen war.

Pater Andrews hob Holden ein Kreuz entgegen. »Vater unser im Himmel, geheiligt werde dein Name. Dein Reich komme. Dein Wille geschehe, wie im Himmel so auf Erden. Unser täglich Brot gib uns heute. Und vergib uns unsere Schuld, wie auch wir vergeben unseren Schuldigern. Und führe uns nicht in Versuchung, sondern erlöse uns von dem Bösen. Denn dein ist das Reich und die Kraft und die Herrlichkeit in Ewigkeit. Amen.«

Holdens Gesicht verzerrte sich zu dem eines Raubtiers, das jeden Augenblick angreifen würde. Irgendetwas schien ihn festzuhalten, denn er bewegte sich kein Stück vom Fleck, obwohl er sich mehr als unwohl fühlte – das konnte Hannah in seiner Miene sehen.

Wie sollte ein gewöhnliches Gebet das Böse vertreiben, das sich ihren kleinen Bruder genommen hatte?

Ehe sie ihrem Zweifel freien Lauf lassen konnte, besprenkelte der Priester den Jungen mit einer Flüssigkeit. »Im Namen Jesu Christi verlasse diesen Körper.«

Holden taumelte zurück und sackte in sich zusammen.

»Wo ist Ihre Frau?«, wandte er sich an Daniel, dem jegliche Farbe aus dem Gesicht gewichen war.

Voller Verwirrung blickte er sich um.

»Im Wohnzimmer«, rief Hannah und zeigte in die entsprechende Richtung.

Während Pater Andrews das Wohnzimmer aufsuchte, eilte sie ihrem Bruder zu Hilfe. Das Schwarz war aus seinen Augen gewichen, aber nun hatte er sie verdreht, sodass nur das Weiß zu sehen war. Er reagierte nicht. Selbst als Hannah seine Schultern packte und diese kräftig schüttelte, regte er sich nicht. Der Anblick ihres Bruders entfesselte einen Sturm von Adrenalin in ihr.

Sie warf einen Blick zu ihrem Vater zurück. Er kam näher. Sein zitterndes Kinn verriet Hannah die Verzweiflung, die ihn gepackt hatte.

»Dad, mach was«, forderte sie ihn auf.

Aber Daniel sah nur auf seine Kinder hinunter und weinte.

»Heb ihn auf«, meinte Joe im Hintergrund.

Hannah war sich nicht sicher, ob sie ihn anfassen sollte. Immerhin war er eben noch nicht er selbst gewesen. Dennoch klaubte sie all ihren Mut zusammen und schob ihre Arme unter Holdens Knie und Nacken. Mit bebendem Herzen hob sie den Jungen vom Boden auf und trug ihn zu Pater Andrews ins Wohnzimmer. Doch dieser war nicht aufzufinden. Daniel und Joe folgten ihr.

»Wo sind sie?«, fragte Daniel und klang dabei sehr weit weg.

»Ich weiß es nicht«, antwortete Hannah wahrheitsgemäß und legte ihren Bruder auf der Couch ab. Sein Arm fiel schlaff herunter. Hannah legte ihn auf Holdens Brust und schluckte ihre Angst hinunter. Er sah aus, als wäre jegliches Leben aus seinem kleinen Körper gewichen. Seine fahle Haut fühlte sich wie Pergament an. Tränen sammelten sich in ihren Augen.

»Mach mal Platz«, forderte Joe und drückte sich an ihr vorbei zu Holden.

Er neigte den Kopf des Jungen nach hinten und schob das Kinn hinunter.

»Was hast du vor?«, fragte Hannah.

Joe antwortete nicht. Er versuchte, ihn zu beatmen – drückte seine Nase zu und stieß einige kräftige Atemzüge in den kleinen Körper. Holdens Brust hob sich einige Male auf unnatürliche Weise und Hannah verlor bei dem Anblick jegliche Hoffnung. Doch dann begann Holden zu husten und Joe half ihm, sich aufzurichten.

»Mensch, Kleiner«, stieß er erleichtert aus.

Tränen rannen über Holdens Gesicht, er blickte sich um und streckte die Hände nach Hannah aus. Sofort kam sie seiner Aufforderung nach und nahm ihn in den Arm, während sein Schluchzen den kleinen Körper erbeben ließ. Nach einer Weile löste sie sich aus seiner Umarmung und versah ihm mit einem ernsten Blick.

»Holden, wo ist Mom?«

Er schüttelte verängstigt den Kopf, was Daniel dazu veranlasste, etwas strenger zu fragen.

»Wo ist deine Mutter?«

Erneut kullerten dicke Tränen über sein Gesicht.

»Dad, du machst ihm Angst!«,

Vom oberen Stockwerk ertönte ein Gebet. Pater Andrews klang entschlossen, aber Hannah bemerkte auch das unterschwellige Zittern in seiner Stimme.

»Ihr bleibt hier. Ich gehe nachsehen, was da oben los ist«, wies Daniel sie an. Er ließ ihnen keine Zeit zur Widerrede und eilte die Treppe hinauf.

»Wir sollten ihm folgen«, meinte Joe.

Aber Hannah schüttelte den Kopf. »Bist du irre?«

»In Filmen gehen immer die drauf, die sich trennen. Wir sollten zusammenbleiben«, erwiderte er.

Einen winzigen Augenblick dachte Hannah über seine Worte nach, warf einen raschen Blick zu Holden hinüber und nickte. Joes Idee klang gar nicht so abwegig, aber sie machte sich Sorgen um ihren Bruder. Er war noch so klein und hatte bereits zu viel gesehen und erlebt. Dennoch blieb ihr nichts anderes übrig, als ihn mitzunehmen.

So schlichen sie die Treppe hinauf. Hannah an der Spitze, Joe bildete das Schlusslicht. Beide hielten Holdens Hände. Ihr Herz schlug mit jeder Stufe kräftiger, aber sie konnte es sich nicht erlauben, Angst zu zeigen. Nicht vor Holden.

Oben empfingen sie die Worte des Priesters. »Im Namen Jesu und im Namen Mariä befehle ich euch, ihr höllischen Geister, weichet von dieser Familie und diesem Ort!«

Mit zitternden Knien ließen sie die Treppe hinter sich. Es machte den Anschein, als kämen die Worte aus Hannahs Zimmer. Sie schluckte einen dicken Kloß hinunter, warf einen prüfenden Blick nach links, wo Joe stand. Er sah zu Holden und wirkte unruhig, was Hannah dem Umstand zuschrieb, dass diese Situation nicht gerade beruhigend auf einen Sechsjährigen wirken konnte. Sie atmete tief durch und ging weiter.

»Und waget nicht, wiederzukehren und sie zu versuchen und ihnen zu schaden«, fuhr der Priester fort.

»Was macht er da?«

»Er reinigt das Haus, glaube ich«, erwiderte Joe leise.

»Jesus! Maria! Jesus! Maria! Jesus! Maria!« Nun stimmte auch Daniel in das Gebet ein.

Vorsichtig betrat Hannah das Zimmer, dicht gefolgt von Holden und Joe. Ihr Bruder riss sich von ihr los und rannte zu seinem Vater, der sofort seinen Arm um ihn legte und den Jungen fest an seine Seite drückte. Pater Andrews blickte Hannah und Joe wohlwollend an, dann fuhr er fort.

»Heiliger Michael, streite für uns! Heilige Schutzengel, bewahret uns vor allen Fallstricken des bösen Feindes! Amen.« Die Atmosphäre in Hannahs Zimmer schlug plötzlich um. Sie wirkte mit einem Mal freundlich und einladend. Ein dezenter Duft nach Rosen und Weihrauch erfüllte den Raum. Sie spürte eine wohlwollende Wärme, die ihr Herz umschmeichelte. Hinter ihrem Bett tauchte Kathrins Kopf unerwartet auf. Sie sah sich verwirrt um und richtete sich auf.

»Wie komme ich denn hierher?«, fragte sie mit brechender Stimme.

»Betet mit mir. Wir haben noch einige Räume zu säubern«, sagte der Priester und verließ Hannahs Zimmer. Er blieb an der Tür stehen und winkte sie herbei. Als alle den Raum verlassen hatten, zog er mit der Hand ein Kreuz. Dasselbe wiederholte er in allen Räumen des Hauses und ließ auch den Keller nicht aus. Bevor er ging, nahm er Daniel zur Seite. Hannah spitzte die Ohren und schnappte den einen oder anderen Fetzen auf.

»Sie müssen diese Tür verschließen. Vernageln Sie sie, oder verbrennen Sie das Haus. Aber wenn Sie nichts unternehmen, wird der Schutz nicht lange anhalten. Ich kann Ihnen nicht helfen.«

»Sie können uns doch nicht unserem Schicksal überlassen«, empörte sich Daniel, aber der Priester antwortete nicht. Die Tür klickte und fiel wieder ins Schloss. Dann wurde sie erneut geöffnet. »Pater, bitte«, hörte Hannah ihren Vater flehen.

»Sie hätten hier nicht auftauchen dürfen. Edithas Blut hat das Höllenwesen gebändigt und nur Edithas Blut kann es in die Hölle zurückschicken«, antwortete der Priester.

In Hannah zog sich alles zusammen. Wie konnte sie ein Mann der Kirche nur derart im Stich lassen? Wie ein Mantra wiederholte sie den Satz des Priesters im Kopf. *Edithas Blut hat das Höllenwesen gebändigt und nur Edithas Blut kann es in die Hölle zurückschicken.* Eine innere Stimme flüsterte ihr zu, dass diese Worte über Leben und Tod entscheiden würden.

# Kapitel 14

## Manifestation

Es war der dritte Tag nach der Hausreinigung durch Pater Andrews. Seitdem waren keine seltsamen Dinge passiert. Daniel hatte den Rat des Priesters befolgt und die Kammertür vernagelt. Dennoch bestand ihr Dad darauf, dass Hannah in sein Arbeitszimmer umzog. Hier hatte sie auch früher geschlafen. An einem einzigen Tag hatte er mit ihrer Hilfe die Einrichtung aus dem oberen Zimmer heruntergetragen. Holden war nicht mehr an das Haus gefesselt, er spielte im Garten und grüßte die Leute, die am Grundstück vorbeizogen. Kathrin verhielt sich wie gewohnt. Trällernd bereitete sie das Abendessen zu, während Holden am Tisch ein Bild malte. Das normale Leben hielt wieder Einzug.

Nur Joes Mutter war von der Reinigung nicht überzeugt. Sie verbot es Joe zwar, Hannah zu besuchen, konnte ihn aber nicht daran hindern. Er dachte sich immer neue Ausreden aus, wo er angeblich war. Manchmal hatte Hannah den Eindruck, er rebellierte gegen seine Mutter, aber sie äußerte sich nicht dazu. So war er auch an diesem Abend bei ihnen eingekehrt, saß auf der Couch und zappte durchs Programm.

»Kommt nichts?«, fragte Daniel und setzte sich mit einem Bier in der Hand dazu. Dieser Anblick erschreckte Hannah zutiefst. Es war lange her, dass ihr Vater Alkohol getrunken hatte.

»Nicht wirklich«, erwiderte Joe und reichte ihm die Fernbedienung. »Schauen Sie selbst, Mr. Goodman.«

Daniel wechselte zum hiesigen Nachrichtensender und hielt inne. Es wurde das Bild eines Nachbarkindes gezeigt. Hastig nahm er einen Schluck aus der Flasche.

»Die kleine Mary Parker ist seit den frühen Morgenstunden verschwunden. Das Haus der Familie grenzt an einen Wald. Die örtliche Polizei geht davon aus, dass sich das Kind darin verirrt haben könnte. Die kleine Mary trug zum Zeitpunkt ihres Verschwindens eine rote Bluse und eine weiße Hose. Wenn Sie Informationen zum Verbleib des Kindes haben, oder das Mädchen gesehen haben, melden Sie sich bitte bei der nächsten Polizeidienststelle«, vermeldete die Nachrichtensprecherin betreten.

»Die Parkers wohnen die Straße rauf«, ließ Joe verlauten. »Seltsam. Ich kann mich nicht daran erinnern, dass Mrs. Parker den kleinen blonden Engel auch nur eine Sekunde aus den Augen gelassen hätte.«

»Aha«, raunte Daniel, setzte die Flasche erneut an und leerte diese in einem Zug. Ein kräftiger Rülpser entfuhr ihm, was ihn allerdings nicht zu stören schien. Er wischte sich das Nass von den Lippen und stellte die leere Flasche neben der Couch ab.

Ein Klimpern forderte Hannahs Aufmerksamkeit. So folgte sie seiner Hand und traute ihren Augen nicht. Hannah zählte vier Bierflaschen. Sie fragte sich, wann er die geleert hatte. Vier war eine magische Grenze, hinter der ihr Vater die Kontrolle verlor. Hannah war noch sehr klein gewesen, als sie das fast jeden Tag erlebt hatte, aber sie erinnerte sich daran, als wäre es gestern gewesen. Er vertrug nicht mehr, und weil das so war, hatte er sich vor guten zehn Jahren dazu entschieden, dem Alkohol den Rücken zu kehren.

Aus diesem Grund war Hannah nicht nur verwundert über seinen Genuss, sondern auch besorgt.

Gut konnte sie sich daran erinnern, wie er zu einem Monster geworden war. Diese Zeit hatte Hannah tief unter schönen Erinnerungen vergraben, um sich damit nicht befassen zu müssen. Und nun sprengte Daniel ihr Versteck, indem er vor ihren Augen Bier trank.

»Wirklich. Mir ist schleierhaft, wie sie verschwinden konnte.«

»Joe, Kinder laufen weg, verlaufen sich oder fallen in irgendwelche Gruben. Die Kleine taucht bestimmt wieder auf«, erwiderte Daniel und schaltete weg.

Hannah lehnte an der Tür und beobachtete sie. Insgeheim freute sie sich über das gute Verhältnis zwischen ihnen beiden. Es war nicht selbstverständlich, dass sich Eltern und Freunde der Sprösslinge so gut verstanden, das wusste sie genau. Wenn sie von Daniels Rückfall absah, zeigte sich ihr ein Bild von einer Idylle, der sie sich gern hingegeben hätte. Doch kaum ließ sie sich von ihrer Zufriedenheit tragen, schepperte etwas metallisch im oberen Stockwerk. Hannah fuhr zusammen. Niemand war oben, das wusste sie. Daniel sprang auf und lauschte in die trügerische Stille, die durch ein weiteres Scheppern unterbrochen wurde.

Er richtete seinen Blick auf Hannah. »Was war das?«

Ihre Nackenhärchen stellten sich auf. Sie rieb sich die Gänsehaut vom Arm und antwortete mit einem Schulterzucken.

»Ich gehe nachsehen«, schlug er vor, aber sie empfand die Idee als äußerst unklug.

»Ich komme mit«, erwiderte sie und griff nach einem Schürhaken aus dem Ständer am Kamin.

»Du bleibst hier«, widersprach er. Entschlossen riss Daniel seiner Tochter den Haken aus der Hand.

»Aber Dad!«, beschwerte sich Hannah und wurde von einem weiteren Scheppern unterbrochen.

Von kaltem Schauer erfasst, starrte sie ihn an. »Ist es wieder da?«

»Das darfst du nicht einmal denken. Hörst du? Bestimmt sind das nur Ratten, die irgendwas umgestoßen haben«, sagte er und Hannah erkannte die Lüge sofort. Sie sah die Angst in seinen Augen – eine lauernde Bestie, die nur darauf wartete, ihn zu erbeuten.

Joe näherte sich Hannah und nahm ihre Hand. »Lass deinen Dad nachsehen. Ich wette, das war irgendein Vieh.«

Während Joe auf sie einredete, nutzte Daniel die Gelegenheit, das Wohnzimmer zu verlassen. Seine Schritte waren kaum zu hören, aber sie wurde nervöser, je länger er fort war. Kathrin kam herein und blickte sie fragend an.

»Mom, geh wieder zu Holden«, sagte sie.

»Ist es wieder da?«, flüsterte Kathrin.

»Mom, geh zu Holden«, wiederholte sie mit Nachdruck.

Von der Treppe her hallten Schritte wider. Sie klangen schwer und dumpf. In Hannah regte sich eine Ahnung, die sie fortwischte, als ihr Vater in der Tür zum Wohnzimmer auftauchte.

»Dad, ich dachte schon, das wärst nicht du«, sagte sie erleichtert. »Hast du was gefunden?«

Zwischen Daumen und Zeigefinger hielt er einen langen Nagel hoch und sagte: »Keine Ahnung, wie der rausfallen konnte. Ich dachte, ich hätte ihn richtig fest eingeschlagen.«

Sämtliche Alarmglocken schrillten in Hannahs Kopf, aber sie behielt es für sich, denn keinesfalls wollte sie die Blase der vermeintlichen Sicherheit zerstören, in der sich Kathrin und vor allem Holden befanden.

»Ich möchte nicht, dass ihr da hochgeht«, sagte Daniel und sah dabei Joe an.

»Also, ich kann drauf verzichten«, erwiderte dieser. »Hier unten gibt es ja auch ein Badezimmer.«

Daniel nickte. Es war ein langsames Nicken, bei dem er offenbar einigen Gedankengängen folgte. Er sah den Jungen an, als suchte er nach einer Lüge in dessen Worten. Dann wendete er den Blick ab und setzte sich wieder neben ihn, als wäre nichts gewesen. Daniel griff nach der Fernbedienung, um durch die Programme zu schalten. Für Hannahs Geschmack war er zu entspannt. Zumal er sich eben noch fast in die Hose gemacht hatte. Oder bildete sie sich das nur ein? Sie war verwirrt, aber in Joes Gesicht erkannte sie, dass er sich ebenfalls wunderte.

»Ich hole mir was zu trinken«, rief sie und verließ mit Joe das Wohnzimmer. Doch auf dem Weg zur Küche fuhr Joe zusammen.

»Was war das?«

Erschrocken folgte Hannah seinem Blick. Sie hatte nichts gehört oder gesehen, das seine Reaktion erklären könnte. Joe hastete an ihr vorbei.

»Warte, wo willst du hin?«, fragte sie ihn, aber er reagierte nicht. Also heftete sie sich an seine Fersen.

Er stand im Flur und starrte die Treppe hinauf. Hannahs Augen entdeckten etwas, das sie nicht einordnen konnte. Ein Huschen, einen Nebel, der für den winzigen Augenblick eines Wimpernschlags zu sehen war. Lange genug, um eine Gestalt auszumachen, aber zu kurz, um diese richtig zu erfassen. Das Herz rutschte ihr in die Hose. Wie versteinert blickte sie hinauf, aber die formlose Gestalt war vor ihren Augen verpufft. »Joe«, rief sie verhalten.

Er stieg die Stufen hoch und reagierte nicht auf sie. Wie gebannt näherte er sich dem Obergeschoss.

Hannah blieb nichts anderes übrig, als ihm zu folgen. Sie konnte ihren besten Freund nicht im Stich lassen. So, wie ihr Dad gewirkt hatte, musste er etwas gesehen haben, das ihn in Angst versetzt hatte. Andernfalls hätte er ihnen nicht verboten, hinaufzugehen. Aber Joe hielt sich nicht an sein Verbot, was Hannah dazu veranlasste, ebenfalls ungehorsam zu sein. Vorsichtig näherte sie sich der obersten Stufe. Sie sah ein Zittern der Luft, ähnlich dem Hitzeflackern auf heißem Asphalt. Rasch verfestigte sich der zarte Schein und bildete eine Figur, deren Züge immer mehr in den Vordergrund traten.

Ihre anfängliche Angst wich Neugier, die Hannah jegliche Vorsicht raubte. Die Nebelgestalt gab sich immer deutlicher zu erkennen. Je näher sie ihr kam, umso wärmer wurde ihr ums Herz, obwohl es den Anschein hatte, als würde es kälter – so kalt, dass sie ihren Atem sehen konnte. Aus dem Nebel trat ein Gesicht hervor. Sie kannte diese Augen, die sie ebenso liebevoll wie besorgt anblickten.

»Oma«, stahl es sich über ihre Lippen.

»Das Siegel«, ertönte Edithas Stimme, während ihr Arm in die Richtung des Badezimmers zeigte.

Hannah schluckte.

Editha lockte ihre Enkelin ins Bad, aber ihr war nicht wohl dabei, obwohl sie ihrer Großmutter zu Lebzeiten das größte Vertrauen entgegengebracht hatte. Hannahs Urteil über ihre Oma war verändert, seit sie die Geschichten über sie gehört hatte. So sehr sie sich auch dagegen wehrte, so musste sie sich eingestehen, dass Editha nicht unschuldig an dem ganzen Spuk hier im Haus war. Sie hatte Holdens seltsame Wandlung zu verantworten. Das war ihr in diesem Augenblick klarer denn je.

Dennoch fühlte sie sich verpflichtet, Editha Gehör zu schenken. Ob es ein Bauchgefühl war oder die Treue einer Enkeltochter, sie konnte es nicht sagen. Hannah warf einen prüfenden Blick zu Joe nach hinten, der noch immer an der Treppe stand und die beiden mit großen Augen beobachtete, während sie sich, ohne es zu bemerken, dem Bad genähert hatte. Zwischen ihnen lagen nun mindestens zehn Schritte, an die sie sich nicht erinnern konnte.

»Das Siegel bringt Erlösung«, hörte sie Editha sagen. Ihre Stimme war von einem warmen Klang untermalt, der honigsüß in Hannahs Kopf widerhallte.

Unvermittelt änderte sich die Atmosphäre. Sämtliche Wärme entschwand und ihre Stimmung schlug in Schwermut um. Edithas Erscheinung verblasste. Aus dem Flur ertönte Joes Schrei. Hannah wandte sich um und starrte entsetzt auf eine Gestalt, die sie nicht einordnen konnte. Das Ding sah aus, als käme es direkt aus der Hölle.

Das musste er sein – der Dämon Shahur.

Seine fahle olivgraue Haut war von Rissen übersät, aus denen die Finsternis einen Blick auf Hannah warf. Ein knochiges, langgliedriges Geschöpf, haarlos und nicht von dieser Welt. Es streckte seine Klaue nach Joe aus. Er hob schützend den Arm vors Gesicht und presste sich fest an die Wand. Doch irgendetwas hielt das Wesen davon ab, Joe zu berühren. Es stieß einen kreischenden Schrei aus, der Hannah in Mark und Bein fuhr.

Sie atmete schnell und laut. Mit zitternden Fingern fischte sie die kleine Flasche von Mrs. Strawer aus der Hosentasche, drehte den Verschluss auf und besprenkelte das Ding mit dem Wasser daraus.

Es zischte auf der Haut des Dämons. Blitzartig wandte er sich zu ihr um. Dieses Wesen hatte weder Augen noch Nase, nur ein Maul, aus dem speerspitze Zähne ragten.

Hannahs Seele erzitterte. So etwas hatte sie noch nie gesehen. Das Herz schlug ihr im Hals. Mit zugeschnürter Kehle stand sie da und konnte sich nicht regen. So sehr sie auch weglaufen wollte, die Angst hatte sie versteinert.

»Hannah«, schrie Kathrin panisch, aber sie konnte nicht antworten.

Das Monster neigte den Kopf etwas zur Seite, während es langsam auf Hannah zukam. Es musterte sie und öffnete sein Maul so weit, dass der Unterkiefer unnatürlich tief hinunterreichte. Ein Mensch hätte locker hineingepasst, was sie nahezu um den Verstand brachte. Es wollte sie verschlingen, diese Erkenntnis bescherte ihr den festen Glauben an ihr Ende.

Von der Treppe hallten Schritte wider. Vorsichtig drehte sie den Kopf, um zu sehen, wer so lebensmüde war, hier heraufzukommen.

Doch kaum hatte ihr Blick Daniel erfasst, schleuderte ihn eine Macht von der Treppe. Sie hörte, wie er zu Boden ging und über den polierten Marmor rutschte. Tränen rannen über ihre Wangen. Der Tod schien unausweichlich. Sie wollte nicht sehen, wie sie starb, deshalb legte sie ihr Gesicht in die Armbeuge. Das Wesen schnaufte.

Im Stillen zählte sie hinunter.

Drei.

Zwei.

Eins.

Nichts geschah, was sie dazu veranlasste, einen vorsichtigen Blick zu wagen. Genau wie bei Joe zuvor streckte es seine Klaue nach ihr aus. Aber zwischen ihr und dem Monster befand sich offenkundig eine unsichtbare Barriere. Es hielt inne, als es fast ihr Handgelenk berührte. Das Herz drohte ihr aus der Brust zu springen. Aber dann zog das Ding sich wieder zurück, um einen weiteren Versuch zu wagen, sie zu berühren. Aus irgendeinem Grund konnte es sie nicht anfassen. Es neigte den Kopf und wiegte ihn vor Hannah hin und her. Schließlich baute es sich vor ihr auf und schrie, während seine Erscheinung verblasste und den Schrei mit sich nahm. »Was war das?«, fragte Joe, seine Zähne schlugen vor Angst aufeinander, ihm war sämtliche Farbe aus dem Gesicht gewichen.

»Der Dämon«, flüsterte sie.

»Kommt sofort runter«, befahl Daniel, während er Kathrin und Holden schützend hinter sich schob.

Nur langsam löste sich Hannahs Starre. Sie schlich zu Joe, der noch immer in der Ecke kauerte, und packte seinen Arm. Mit einem prüfenden

Schulterblick und bebendem Herzen vergewisserte sie sich, dass das Wesen nicht hinter ihr wieder aufgetaucht war, und zog Joe die Treppe hinunter.

»Raus hier«, schrie Daniel und sprach seiner Tochter damit aus der Seele.

Ohne zu zögern, eilte die Familie zur Tür. Holden weinte, was Daniel dazu veranlasste, seinen Sohn auf den Arm zu nehmen. Der Junge sah an Hannah und Joe vorbei und streckte seinen Arm nach etwas hinter ihnen aus. Erschrocken blickte sich Hannah um, aber da war nichts.

»Los, los, los«, drängte Daniel, als Kathrin stehenblieb. »Meine Tasche«, sagte sie.

»Dafür ist keine Zeit«, antwortete Daniel und griff nach der Türklinke.

Doch diese ließ sich nicht hinunterdrücken. Er setzte Holden ab und versuchte es mit beiden Händen. Ohne Erfolg. Entgeistert sah er sich um. Sein Blick schwenkte die Treppe hinauf, dann zu Hannah.

»Es wird uns nicht gehen lassen«, flüsterte sie.

»Schwachsinn!«, fuhr Daniel sie an und hastete in Hannahs Zimmer.

»Bleib bei Mom und Holden«, wies sie Joe an.

»Was hast du vor?«

»Dad helfen«, entgegnete Hannah und eilte ihrem Vater hinterher.

Daniel rüttelte am Fenster, doch auch das ließ sich nicht öffnen. Sie blieb in der Tür stehen und beobachtete angstvoll sein Tun. Voller Verzweiflung griff er nach Hannahs Tischlampe, riss sie aus der Steckdose und schlug mit dem Lampenfuß auf die Scheibe ein. Das Metall prallte auf und sie hörten einen dumpfen Schlag, doch das Glas blieb unversehrt.

»Verdammte Scheiße«, fluchte er und nahm ihren Stuhl zu Hilfe. Er entfernte sich einige Schritte rückwärts, hob den Stuhl an und schleuderte ihn mit voller Wucht dem Fenster entgegen. Doch das Möbel prallte zurück und traf Daniel. Hannah konnte nicht so schnell reagieren und sah ihren Dad fallen. Er stöhnte. Besorgt half Hannah ihm auf und entdeckte eine Platzwunde an seiner Stirn.

»Dad, du blutest.«

Er fasste sich an die Stirn und betrachtete das rote Nass auf seinen Fingern. »Wir müssen hier sofort raus.«

Hannah zog ihr Handy aus der Hose und wählte die Nummer der Feuerwehr. Ein Piepen machte sie darauf aufmerksam, dass sie kein Netz hatte. Ein weiterer Versuch scheiterte ebenfalls an der fehlenden Verbindung.

»Das muss genäht werden«, meinte Hannah beim Betrachten der Wunde.

Er schwieg, sah sie mit einem verlorenen Blick an und begann zu weinen.

Noch nie hatte Hannah ihren Vater so verzweifelt gesehen. Sie fühlte sich überfordert und wusste nicht, was sie tun konnte. Der Versuch, ihn in den Arm zu nehmen, scheiterte, denn er stieß sie schroff weg.

»Wir sitzen hier fest und du machst dir Gedanken um eine Schramme.«

Hannah schossen Tränen in die Augen. Sie wollte ihm helfen, aber er verhielt sich, als wäre sie ein Dummchen, das ihn bei seinem Vorhaben behinderte.

Daniel erkannte seinen Fehler und nahm sie in den Arm. »Es tut mir so leid.«

Sein Atem roch nach Bier, was sie in die Zeit zurückversetzte, als er noch jeden Tag getrunken hatte. Verwirrt schluchzte sie an der Brust ihres Vaters.

»Was ist passiert?«, ertönte Joes Stimme hinter ihr.

Sie löste sich aus der Umarmung und trocknete ihre Tränen mit dem Ärmel. »Mr. Goodman, was ist mit Ihrer Stirn?«, fragte Joe, aber Daniel schüttelte nur den Kopf.

»Wo sind Mom und Holden? Warum bist du nicht bei ihnen?«, blaffte Hannah Joe an, der überrascht zu ihr blickte.

Er deutete in den Flur. »Sie warten an der Tür. Kann mich mal einer aufklären, was hier los ist?«

»Wir sind gefangen. Es gibt keinen Weg nach draußen«, sagte Daniel mit monotoner Stimmlage und schlurfte zwischen ihnen vorbei.

Sie sahen ihm nach, bis Joe ihm hinterherlief. »Mr. Goodman, wie meinen Sie das?«

Hannah folgte ihnen, sagte aber nichts. Sie wusste nicht, wie sie mit ihrem Vater umgehen sollte. Sein Verhalten gab ihr zu denken. Es stand außer Frage, dass er verzweifelt war, dennoch hatte er sie grundlos angeblafft.

Daniel antwortete nicht, ging in die Küche und holte sich ein Bier aus dem Kühlschrank. Damit setzte er sich an den Tisch und trank die Flasche in einem Zug halbleer. Wortlos starrte er vor sich hin – genau wie früher.

# Kapitel 15

## *Wut*

Seit zwei Stunden saßen Hannah und Joe mit Kathrin und Holden im Wohnzimmer und warteten. Worauf, das wussten sie nicht so genau. Vielleicht war es die unerfüllbare Hoffnung, dass sich das Problem von ganz alleine lösen würde. Möglicherweise harrten sie aber auch nur aus, bis Daniel so betrunken war, dass er zu schreien begann.

Weder Hannah noch ihre Mutter redeten darüber, aber in Kathrins Augen konnte sie die Angst vor Daniels Entgleisung deutlich erkennen. Kathrin zog ihren Sohn auf dem Schoß etwas näher an sich heran und lehnte ihre Wange auf seinen Rücken.

Nicht selten war Daniel damals die Hand ausgerutscht und oft hatte er seine Familie seelisch misshandelt, bevor er erschöpft in den Schlaf gesunken war. Eine trügerische Ruhe, denn wenn er wach wurde, begann er von vorne. In dieser Zeit war ihre Mutter mit ihr oft in den Park oder in ein Café geflüchtet. Holden war noch nicht geboren, sodass sie mit ihrer Mutter alleine die Erinnerung an diese schwere Zeit teilte.

Immer hatte Kathrin dafür gesorgt, dass niemand von der Trunksucht ihres Mannes erfuhr. Gerüchte tat sie ab und war stets bemüht, eine glaubhafte Gegendarstellung zu verbreiten. Sie hatte sogar Hannah in ihr Lügenkonstrukt eingewiesen.

Und nun waren sie hier gefangen und konnten nicht fliehen. Neben all der Angst vor dem Dämon nagte auch die Erinnerung an diese schlechten Zeiten an Mutter und Tochter.

Hannah hatte das meiste aus jener Zeit verdrängt, aber manches hielt sich hartnäckig. Es lagen etwa zehn Jahre dazwischen, und Hannah war nicht nur älter geworden, sondern auch reifer. Fest entschlossen, ihre Lieben zu beschützen, ging sie hinter die Couch und flüsterte ihrer Mutter etwas ins Ohr, das aus den Tiefen ihrer Seele an die Oberfläche drängte: »Wir halten zusammen.«

Mit tränenbeladener Stimme antwortete Kathrin. »Es wiederholt sich.«

»Ich weiß, Mom.«

»Wo hat er nur das ganze Bier her?«

Hannah stutzte. Früher hatte er sich ein Versteck im Keller geschaffen. Damals durfte außer ihm niemand sonst die Kellerräume betreten.

»Seit wann trinkt er überhaupt wieder?«, wollte Hannah wissen, doch ihre Mutter zuckte nur mit den Schultern.

Ein markerschütternder Schrei ließ Hannah erstarren. Holden weinte und Joe sah sie an wie den leibhaftigen Tod. Kathrin tröstete den Jungen. Aber auch in ihrem Gesicht war die Angst gegenwärtig.

»Das kam aus der Küche«, bemerkte Joe leise.

Ein lautes Scheppern bestätigte seine Vermutung.

»Was willst du von mir?«, schrie Daniel.

Schritte näherten sich dem Wohnzimmer. Hannahs Befürchtungen ihren Vater betreffend wurden bittere Realität. Taumelnd betrat er den Raum und ließ den Blick über ihre Gesichter schweifen. Seine Miene war von Zorn gezeichnet, schlimmer noch als damals. Wütend kam er auf Joe zu, der neben Holden auf der Couch saß und Daniel mit weit aufgerissenen Augen ansah. »Du«, sprach er Joe an und zeigte mit ausgestrecktem Finger auf ihn. »Du gehörst nicht her.«

Kathrin neigte sich zur Seite und versuchte Holden vor ihrem betrunkenen Mann zu verbergen, dieser aber bemerkte die Absicht und wandte sich seinem Sohn zu. Sein alkoholgeschwängerter Atem ging ihm voraus und Holden verzog das Gesicht.

»Das stinkt«, sagte der Junge und suchte nun selbst Schutz hinter dem Arm seiner Mutter.

»Das stinkt«, äffte Daniel ihn nach und zog eine Bierflasche aus seiner hinteren Gesäßtasche.

»Daniel, bitte. Du hast doch genug getrunken«, meldete sich Kathrin zu Wort.

Er reagierte nicht darauf, öffnete die Flasche an der Tischkante und genehmigte sich einen großen Schluck daraus.

Joe warf Hannah einige verstohlene Blicke zu. Sie musste etwas unternehmen, sonst konnte die Situation hässlich enden. »Du machst Holden Angst!«, verdeutlichte sie lautstark, um zu ihm durchzudringen.

Daniel hielt inne und drehte den Kopf langsam seiner Tochter zu. Hannahs Herz drohte aus der Brust zu springen. Nachdem er sich einen weiteren Schluck genehmigt hatte, kam er kopfschüttelnd auf sie zu. Sie sah, wie sich Joe aus der Couch löste und eingreifen wollte. Kaum merklich schüttelte sie den Kopf und deutete mit den Augen an, er solle sich raushalten.

»Wie viel hast du heute schon getrunken? Sechs? Zehn?«, schmetterte sie ihrem Vater entgegen und entfernte sich langsam rückwärts.

Er lachte. »Siebentausend!«

Hinter ihm nahm Hannah eine Bewegung wahr. Holden schlich hinter die Couch und versteckte sich dort. Damit war er erst einmal außer Sichtweite und ihr Vater würde nicht bemerken, dass sein Sohn nicht mehr zwischen seiner Mutter und Joe saß. Jetzt musste sie ihn nur noch dazu bewegen, das Wohnzimmer zu verlassen. Dann könnten sich Joe, Kathrin und ihr Bruder ein besseres Versteck im Haus suchen gehen. Sie würde dafür sorgen, dass sie dort verharrten, bis er wieder ausgenüchtert war. Neues Bier konnte er nicht kaufen, denn sie waren hier eingesperrt. Hannah hoffte sehnlichst, dass sein Vorrat zur Neige gegangen war. Zur Not musste sie ein bisschen nachhelfen.

»Was geht dich das an? Willst du mir etwa Vorschriften machen?«, fuhr er sie an und erhob die Hand gegen sie, hielt inne und senkte diese wieder.

Hannah bebte innerlich, ließ sich jedoch nichts anmerken und konzentrierte sich darauf, ihre Atmung im Zaum zu halten.

»Ich sehe es in deinen Augen.«

»Was?«, fragte Hannah.

»Du willst mich hintergehen«, zischte er durch zusammengebissene Zähne.

Sie machte auf dem Absatz kehrt und rannte in die Küche. Seine Schritte hallten durch den Flur.

Er stolperte, fiel hin, rappelte sich wieder auf und taumelte Hannah hinterher. Sie riss die Kühlschranktür auf und erstarrte bei dem Anblick der unzähligen Bierflaschen. Wann hatte er nur den ganzen Alkohol im Kühlschrank verstaut? Das ganze untere Regal war voller Bierflaschen.

»Nimm deine Drecksfinger da weg!«, schrie er und verlor einige Speicheltropfen.

Ein Geräusch hinter ihm forderte seine Aufmerksamkeit. Hannah wurde klar, dass das ihre Mutter sein musste, die versuchte, sich und die Jungs in Sicherheit zu bringen. Was sollte sie nur tun? Entschlossen griff sie nach einer Flasche, zog diese aus deren gläsernem Bett und ließ sie fallen.

Sein Kopf schnellte zurück zu ihr. Mit wutgetragener Stimme brüllte er sie an. »Du Miststück!«

Alles in ihr schrie: Lauf weg! Doch sie musste ihrer Mutter mehr Zeit verschaffen. So griff sie eine zweite Flasche und rannte um den Tisch, als Daniel auf den Kühlschrank zueilte.

»Stell sie hin«, sagte er, diesmal leiser.

»Weißt du eigentlich, was du uns damit antust?«

Wie eine Raubkatze auf Beutefang schlich er auf sie zu. »Stell das auf den Tisch.«

»Du zerstörst die Familie«, fuhr Hannah fort, während sie darauf achtete, genügend Abstand zu ihrem Vater einzuhalten.

Er lachte laut auf. »Ihr seid schuld, dass ich trinke.«

Nun stand sie in Türnähe. Die Geräusche im Haus waren verstummt, was nur bedeuten konnte, dass es Kathrin gelungen war, ein Versteck zu finden. Es war die Gelegenheit, sich aus dem Staub zu machen. So ging sie in die Hocke, während ihr Blick Daniel fesselte.

»Was hast du vor?«

Hannah antwortete mit einem Zwinkern und rollte die Flasche über den Küchenboden. Sein Blick verfolgte das Bier. In Daniels Miene konnte Hannah erkennen, dass er hoffte, sie würde nicht kaputt gehen. Er machte einen großen Ausfallschritt und fing die rollende Flasche auf. Hannah drehte sich um und rannte hinaus in den Flur. Seine Schritte hallten hinter ihr her.

Blitzschnell sondierte sie die Lage. Hier unten könnte sie sich besser verstecken, aber er war ihr bereits dicht auf den Fersen. Sie war an der Treppe angekommen und sah hinauf. Es blieb Hannah nichts übrig, als nur die Flucht nach vorne. Also griff sie an das Geländer und nahm zwei Stufen gleichzeitig. Ungefähr auf der Hälfte wurde sie am

Bein gepackt. Mit aller Macht versuchte sie, sich mit beiden Händen am Geländer hinaufzuziehen. Ihr Vater zerrte sie nach hinten. Im Sturz spürte sie Daniel im Rücken, sie landete genau auf ihm. Sofort rappelte sich Hannah auf, sah zu ihm zurück und eilte die Stufen hinauf. Vom oberen Treppenabsatz blickte sie erneut zu ihrem Vater. Er regte sich nicht, lag da, als hätte er sein Leben ausgehaucht. Hannah erstarrte. Hatte sie soeben ihren eigenen Vater umgebracht? Darüber wollte sie nicht nachdenken – nicht jetzt.

Aus Holdens Zimmer rief jemand leise ihren Namen. Sie fuhr zusammen, erlaubte sich dann aber doch einen prüfenden Blick in den Raum. Unter dem Bett schnellte ein Arm hervor, der Hannah beinahe zu Tode erschreckte.

»Hier«, vernahm sie voller Erleichterung Joes Stimme. Sie schlängelte sich an den Reifen des Autobetts vorbei und gesellte sich zu ihm.

»Hier wird er zuerst nachsehen«, flüsterte sie.

»Ich verstehe das nicht. Warum ist er so?«, erwiderte Joe leise und ging nicht auf ihre Bedenken ein.

»Er ist krank«, klärte sie Joe auf. »Zehn Jahre lang war er trocken.«

Er nickte. »Nach dem, was hier alles passiert ist, kann ich seinen Rückfall nachvollziehen.«

Joe ging kurz in sich, senkte den Blick und hob ihn sogleich wieder. »Aber ich hätte ihn niemals so eingeschätzt.«

»Früher war er im Suff ein Arschloch.«

»Das wird wieder«, bemerkte Joe.

»Wenn ich ihn nicht umgebracht habe«, widersprach Hannah und sah Joe in die Augen.

»Wie jetzt?«

»Ich bin auf ihm gelandet. Er hat sich nicht geregt«, klärte Hannah ihn auf.

Eine Weile redeten sie nicht. Bis sie wissen wollte, wo ihre Mutter sich versteckt hatte.

»Im Wandschrank. Dein Bruder ist bei ihr.«

Schritte ließen Hannah einerseits erstarren, andererseits war sie froh darüber, ihren Vater nicht getötet zu haben. Doch sie wusste auch, dass er jetzt erst recht wütend war, und Wut führte bei ihm zu Unberechenbarkeit.

»Familie«, rief er in einem Ton, der Hannah das Blut in den Adern gefrieren ließ. »Wo seid ihr?« Der Singsang, in dem die Worte über seine Lippen glitten, ließ die Situation noch furchtbarer erscheinen. Ganz so, als wäre er vollkommen durchgeknallt.

Joe keuchte immer lauter. Sie legte ihm die Hand auf den Mund und zwang sich selbst, so wenig wie möglich zu atmen. Ihre Position erlaubte einen Blick in den Flur, fast bis zur Treppe.

»Hannah war ein böses Mädchen«, zischelte er, während seine Schritte näherkamen. »Böse Mädchen müssen bestraft werden.«

Seine Worte ließen sie erschaudern. Sie konnte sich gut daran erinnern, wie seine Strafen damals ausgesehen hatten. Bei kleinsten Regelverstößen hatte er sie im Schrank eingeschlossen und erst im Morgengrauen wieder freigelassen. Ihr Blick erfasste seine Schuhe. Daniel schlurfte zu Holdens Zimmer, blieb stehen, drehte sich um und verschwand in Hannahs.

Joe befreite sich von ihrer Hand und sah sie entgeistert an. Jetzt nur nicht durchdrehen, dachte Hannah und deutete ihm mit dem Finger auf ihren Lippen an, er solle still sein. Ein Rumpeln kam aus dem Nebenzimmer. Metall fiel klirrend auf den Boden.

»Was macht er?«, flüsterte Joe kaum hörbar.

Erneut mahnte sie ihn zur absoluten Ruhe.

Ein Windzug erreichte ihre Gesichter. Er war kalt und roch modrig. Die Fenster waren geschlossen, das wussten sie beide. Umso mehr fragte sich Hannah, woher er gekommen war.

»Ah«, rief Daniel.

Unter Holdens Bett wurde es ungemütlich. Die Kälte ließ sie erzittern. Joe klapperte mit den

Zähnen, während Hannah sich zusammenkauerte, um die verbleibende Wärme so gut sie konnte zu halten.

Daniels Schuhe tauchten wieder auf und brachten Hannahs Herzschlag fast zum Erliegen. Zielstrebig hielt er auf Holdens Zimmer zu. Jeden Augenblick würde er ihr Versteck erreichen und schlimme Dinge mit ihnen anstellen. Entschlossen lief ihr Vater hinter das Bett, direkt auf den Wandschrank zu. Hannah verlor ihn aus dem Blickfeld, aber sie konnte deutlich das Klicken des Türknaufs hören.

»Ah, wen haben wir denn da?«, tat er überrascht.

»Daniel, nicht. Bitte«, flehte Kathrin.

Nahe dran, ihr Versteck zu verlassen, um ihrer Mutter zu helfen, zählte Hannah in Gedanken von zehn hinunter. Sie brauchte einen klaren Kopf, wenn sie ihm nicht noch in die Karten spielen wollte. Doch gerade kam sie bei sieben an, da schrie Kathrin. Es war ein Schrei des Schmerzes und der Angst. Hannah hielt es nicht mehr aus. Sie begann, unter dem Bett hervorzukriechen.

Joe packte ihren Arm und blickte sie an. Wortlos schüttelte er den Kopf. Just in diesem Augenblick schritt Daniel eine Handbreit an ihnen vorbei. Er zerrte Kathrin hinter sich her. Als sie im Flur waren, konnte Hannah sehen, dass ihre Mutter mit der Faust ihrer freien Hand auf seinen Rücken einschlug. Er blieb stehen, packte ihr Haar und riss Kathrins Kopf nach hinten. Sein Blick wanderte lüstern zu ihren Brüsten. Hannah wollte nicht hinsehen. Doch die Angst, den Moment zu verpassen, in dem sie Schlimmeres verhindern könnte, zwang sie, genau hinzuschauen.

Daniel drängte seiner Frau einen Kuss auf. Sie wehrte sich, was ihn dazu veranlasste, auszuholen und ihr mit der flachen Hand ins Gesicht zu schlagen. Erstarrt blickte sie ihn an und wich seinem gierigen Lächeln aus. Damit unterbrach sie dieses Martyrium, um nahtlos ins nächste zu gleiten. Daniel zerrte sie an den Haaren den Flur hinauf, sie stolperte, aber das kümmerte ihn offensichtlich nicht. Er fasste den Haarschopf nach und zerrte sie in Hannahs ehemaliges Zimmer. Je weiter sie sich entfernten, umso deutlicher spürte Hannah die Panik ihrer Mutter.

»Er wird sie umbringen«, jammerte Hannah.

Ein leises Wimmern ließ beide aufhorchen.

»Das ist Holden«, erkannte sie und schob sich bäuchlings aus ihrem Versteck.

»Mommy«, weinte Holden.

Sie stürmte auf den Wandschrank zu. Die Tür stand offen, aber sie konnte Holden nirgends ausmachen, bis sich die hängenden Kleidungsstücke auf der linken Seite kaum merklich bewegten. Vorsichtig schob sie die Kleiderbügel auseinander und entdeckte voller Erleichterung ihren Bruder. Er schien körperlich unversehrt, aber seine Seele hatte einen kräftigen Schlag erlitten. Das konnte sie in Holdens verweinten Augen sehen. Außerdem erinnerte sie sich daran, wie es ihr ergangen war, als sich der liebende Vater in ein Monster verwandelt hatte.

»Komm raus, Holden«, flüsterte sie, aber der Junge starrte nur ins Leere und weinte. Seine Tränen flossen geradewegs in ihr Herz, höhlten es aus und zerrissen Hannah förmlich.

»Du beschissene Hure«, schrie Daniel im Nebenzimmer. Ein lautes Klatschen folgte.

Holden zuckte zusammen. Das reichte! Hannah musste etwas unternehmen.

»Joe«, presste sie leise heraus. Am liebsten hätte sie geschrien, aber ihr war klar, dass sie damit die Aufmerksamkeit ihres Vaters auf sich und die Jungs zog. Also nahm sie sich zusammen und packte seinen Fuß, als Joe nicht reagierte. »Komm da raus!«

»Kann nicht«, erwiderte er leise.

Sie überlegte kurz, nahm Holdens Hand und zog den Jungen behutsam aus dem Schrank. Wenn

Joe nicht zu ihm kam, dann musste sie den Kleinen eben zu Joe bekommen. Ihr Bruder schluchzte leise und sie streichelte sanft über seine Wange. »Holden. Pscht. Hör mir zu. Du musst jetzt was für mich tun.«

Hastig schüttelte ihr Bruder den Kopf.

»Pscht. Es ist nichts Gefährliches, hörst du?«

Er rieb sich die Tränen aus den Augen und betrachtete sie neugierig.

»Unter deinem Bett versteckt sich mein Freund Joe. Er hat furchtbare Angst. Könntest du auf ihn aufpassen, bis ich wieder da bin?«

Holden neigte den Kopf zur Seite, warf einen Blick unter sein Bett und nickte. Ohne zu zögern, ließ er ihre Hand los und krabbelte zu Joe.

»Gut so«, lobte Hannah und atmete tief durch, denn das, was sie jetzt vorhatte, bedurfte ihrer vollen Konzentration.

Ein lautes Poltern ging einem weiteren Schrei ihrer Mutter voraus, gefolgt von Daniels schepperndem Lachen.

Hannahs Herz blieb stehen, nur um im folgenden Moment seine Arbeit in beschleunigtem Maße wieder aufzunehmen. Sie vernahm das Rauschen ihres Bluts im Ohr. Keine Sekunde länger durfte sie warten, das war ihr bewusst. So schlich sie mit weichen Knien in das Zimmer, in dem

Kathrin fürchterlichen Qualen ausgesetzt war. Am Eingang blieb sie stehen, um sich einen Überblick zu verschaffen. Die Bretter, mit denen er die Kammer vernagelt hatte, lagen auf dem Boden, die kleine Tür stand offen.

Er packte Kathrin am Nacken und schleuderte sie hinein. Mit dem Kopf stieß seine Frau an den Altar und verlor das Bewusstsein. Hannah sah rot. Daniel stand da und besah sich seine Tat, was Hannah Zeit einräumte, sich ein Brett vom Boden zu schnappen und auszuholen. Sie wollte das Gesicht ihres Vaters sehen, bevor er nie wieder aufstehen würde.

»Hey, Arschloch!«, rief sie und fasste das Holz mit beiden Händen nach. Ihr Griff war so fest, dass sie das Gefühl hatte, mit ihrer Waffe zu verschmelzen. Er drehte sich um und sah sie überrascht an, einen Sekundenbruchteil, bevor Hannah ihn mit dem Holz kraftvoll traf. Die Wucht ließ ihn auf die Knie gehen, Blut rann über seine Stirn. Ehe er nach vornüber kippte, streckte er flehentlich seinen Arm nach ihr aus. Hatte sie etwa gerade ihren eigenen Vater umgebracht?

Eine zarte Regung aus dem Augenwinkel ließ Hannah aufatmen. Kathrin setzte sich mühevoll auf und rieb sich den Kopf. Ihr Blick wanderte zu Daniel.

»Oh mein Gott, ist er ...«, sie sprach nicht aus, was Hannah selbst befürchtete.

»Ich weiß es nicht. Aber ich will es nicht herausfinden.«

Taumelnd kam Kathrin auf ihre Tochter zu und wischte ihr die Tränen aus dem Gesicht. Hannah hatte überhaupt nicht bemerkt, dass sie weinte, zu tief saß der Schock. Dann drehte sie sich um und ging zu ihrem Mann, um sich von seinem Zustand zu überzeugen.

»Er hat Puls«, sagte sie und besah sich die Wunde. »Das sieht schlimmer aus, als es ist.«

Ein Felsen fiel Hannah vom Herzen.

»Wo ist dein Bruder?«

»Bei Joe unterm Bett«, antwortete sie, warf einen letzten Blick in das verfluchte Zimmer und zog die Tür hinter sich zu.

# Kapitel 16

## Edithas Opfer

Ihre Flucht führte sie in die Küche. Joe nahm einen Stuhl, um die Tür zu verbarrikadieren. Er neigte die Lehne nach hinten und klemmte sie unter die Türklinke.

»Was jetzt?« Hannah fühlte sich schuldig, aber auch verantwortlich für den Rest der Familie und vor allem für Joe. Er war nur wegen ihr hier. Sollte ihm etwas zustoßen, könnte sie sich das niemals verzeihen.

Ein lauter Knall hallte durch das Haus. Ihre erschrockenen Blicke trafen aufeinander, und Holden klammerte sich an seine Mutter.

»Was war das?«, fragte Joe.

»War das Daniel?«, flüsterte Kathrin.

Für Hannah hatte es sich angehört, als hätte jemand die Haustür mit voller Wucht zugeschlagen.

Das hielt sie aber für ausgeschlossen, denn die war wie vernagelt – bis eine Stimme durch den Flur gellte.

»Hallo?«

Wäre Joe nicht bereits leichenblass gewesen, so wäre ihm spätestens in diesem Augenblick die Farbe aus dem Gesicht gewichen. Mit weit aufgerissenen Augen starrte er Hannah an. »Das klingt wie meine Mutter.«

»Das ist unmöglich. Wie soll sie denn bitte reingekommen sein?«

»Vielleicht ist das der Dämon, der uns nur rauslocken will«, meinte Kathrin und drückte Holden fester an sich.

Eine Überlegung, die Hannah ein Zittern unter die Haut jagte und ihr Herz in Ketten legte.

»Joe? Bist du hier?«

In seinem Gesicht erkannte Hannah eine gefährliche Erleichterung.

»Das ist sie. Hundertpro!« Blitzartig hastete er zur Tür, stellte den Stuhl beiseite und hielt inne. »Wenn sie reingekommen ist, kommen wir auch raus«, schlussfolgerte er und riss die Tür auf. »Mom?«

So schnell konnte Hannah gar nicht reagieren. Wenn das nur ein Trick des Dämons war, hatte er soeben sein Leben verspielt – dessen war sie sich sicher. Andersherum – wenn es keiner war, hatte

Joes Mom möglicherweise einen Riss in dieser sie umgebenden Höllenblase verursacht und ihnen damit ein winziges Zeitfenster eingeräumt, in dem sie dieses Gemäuer verlassen könnten. So oder so – Hannah musste ihm folgen. Doch gerade, als der Entschluss heiß in ihr brannte, hielt Kathrin sie zurück. »Und wenn sie das gar nicht ist?«

»Dann braucht er meine Hilfe«, entgegnete Hannah und trat in den Flur hinaus.

Und tatsächlich stand seine Mutter mitten im Foyer.

»Wie zum Teufel bist du hier reingekommen?«, wollte Joe wissen, während er an der Tür rüttelte. »Die ist jedenfalls zu.«

»Gib dir keine Mühe, mein Sohn. Er will nicht, dass ihr geht«, erklärte sie mit monotoner Stimme.

Das genügte Hannah nicht. Irgendwo war hier ein Schlupfloch. »Mrs. Strawer, wie sind Sie hier reingekommen?«, wiederholte sie deshalb Joes Frage.

»Er ließ mich ein. Eine weitere Seele, die er zu unterwerfen wünscht.«

Joes Mutter wirkte wie eine Hexe aus Kinderbüchern. Sie trug einen Stoffbeutel über der Schulter und war mit Schmuck beladen: Ketten, Ringe und auch Broschen, die sie an ihrer knielangen Weste angebracht hatte. Das Haar war mit unterschiedlichen Spangen in Form gehalten und ein kleines hölzernes Kreuz lugte aus dem Dutt hervor. Sie nahm eines der vielen Amulette, die sie an ledernen Bändern trug, zwischen Zeigefinger und Daumen, und rieb daran, dabei ließ sie ihren Blick zum oberen Stockwerk schweifen und wirkte währenddessen ganz abwesend.

»Er ist hier und er ist sehr stark«, wisperte sie und ging langsam zur Treppe.

Sofort stellte sich Joe seiner Mutter in den Weg. »Mom, die Idee solltest du sofort wieder vergessen.«

Sie schob ihn sanft zur Seite. »Joe, sag mir nicht, wie ich meine Arbeit zu tun habe!« Mit einem besorgten Gesichtsausdruck wandte sie sich Hannah zu. »Er hat einen schwachen Geist gewählt.«

»Meinen Dad?«, schoss der Gedanke über Hannahs Lippen.

»Ist dein Vater dort oben?«

Sie nickte.

»Ich werde Hilfe brauchen«, sagte sie und sah an Hannah vorbei. »Mrs. Goodman, gehen Sie wieder zurück und passen auf den Jungen auf. Lassen Sie ihn keine Sekunde alleine«, warnte sie.

Kathrin riss die Hand an ihren Mund und rang sichtlich mit den Tränen. Holden kam angelaufen und klammerte sich an ihren Schoß.

»Der Junge wurde bereits benutzt. Beten Sie für seine Seele.«

Ihre Worte krochen in Hannahs Brust, seine schwarzen Augen waren ihr noch gut in Erinnerung. Das Herz drohte ihr bei dem Gedanken daran zu zerspringen. Sie sah ihrer Mutter und Holden nach, als die beiden wieder in der Küche verschwanden.

»Wo ist das Siegel?«, sprach Mrs. Strawer Hannah wieder an.

»Ich habe es nicht«, gestand sie. »Ich weiß nicht, wo ich suchen soll.«

Entgeistert sah Mrs. Strawer sie an und rieb intensiver an ihrem Amulett. »Ohne das Siegel kann ich nicht viel ausrichten«, meinte sie und warf ihrem Sohn einen Blick zu.

»Habt ihr das Tchabrak?«, fragte sie.

Hannah war verwirrt. Das Ding stand noch immer auf dem Altar, aber ihr fehlte der Mut, es zu holen.

»Es ist noch in der Kammer«, antwortete Hannah. »Brauchen wir es unbedingt?«

»Das ist Shahurs Gefängnis. Ähnlich einer Fluchkiste. Der Dämon muss wieder zurück in die

Kiste«, versuchte sie Hannah aufzuklären und verwirrte sie nur umso mehr.

In Hannahs Kopf schwirrten die losen Enden nur so umher. »Aber wie ist er denn daraus entkommen?«

»Jemand hat ihn befreit«, erwiderte Joes Mom. »Kommt jetzt. Ihr werdet mir helfen.«

Joes Blick verwob sich mit dem von Hannah. Sie konnte seinen Gedanken genau nachvollziehen. Bis jetzt hatte sie alles daran gesetzt, Joe von dem Einfluss des Dämons fernzuhalten, und nun sollte er mit ihr die Konfrontation suchen?

»Mom, Mr. Goodman ist da oben. Er ist nicht sehr freundlich«, stammelte Joe.

Sie bedachte ihn streng. »Du hast entschieden, hier zu sein. Ich habe dich davor gewarnt. Jetzt ist es an der Zeit, zu helfen, Joe.«

»Verdammt«, fluchte er und folgte seiner Mutter, die bereits die halbe Treppe erklommen hatte.

Hannah tat es ihnen gleich, vergewisserte sich aber mit einem raschen Schulterblick zur Küchentür, ob ihre Mutter diese verschlossen hatte.

Ein Stöhnen war aus dem Zimmer zu hören, in dem sie Daniel zurückgelassen hatten.

»Dunkle Mächte haben es mit lasterhaften Menschen besonders leicht«, erklärte Mrs. Strawer auf dem Weg hinauf. »Sie haben einen schwachen Willen.«

»Er ist betrunken«, sagte Hannah. Zum einen wollte sie Mrs. Strawer nicht unvorbereitet zu ihrem Vater lassen, zum anderen hielt sie seine Sucht für eben diese Schwäche, von der Joes Mutter gesprochen hatte.

Mrs. Strawer entnahm ihrem Stoffbeutel ein großes hölzernes Kreuz und drückte es ihrem Sohn in die Hand. Sie zündete ein Kräuterbündel an, blies die Flamme aus und reichte es Hannah. Der aromatisch würzige Geruch verteilte sich. Er roch anders als Salbei, dennoch intensiv. Sie sah Hannah in die Augen. »Das ist Wüstenbeifuß. Er vertreibt böse Geister. Wenn ich dir ein Zeichen gebe, musst du deinen Vater diesem Rauch aussetzen. Kannst du das?«

Ein Zittern jagte durch ihre Beine. Alleine der Gedanke daran versetzte sie in Angst. So gut es ging, nahm sich Hannah zusammen, nickte und unterdrückte die lähmende Furcht.

»Au«, jammerte Daniel hinter der verschlossenen Tür.

Hannah erstarrte. Konnte er sich an ihren Schlag erinnern? Würde er sie dafür bestrafen?

»Ich habe ihm ganz schön doll wehgetan«, räumte sie ein, als Mrs. Strawer die Hand auf die Klinke legte.

Sie sah Hannah intensiv an. »Das war nicht dein Vater«, sagte sie, drückte die Klinke hinunter und stieß die Tür auf.

»Au. Mein Kopf«, jammerte Daniel und hielt sich die Stirn.

»Womit hast du denn zugeschlagen?«, fragte Joe so leise, dass Daniel es nicht mitbekam. Mrs. Strawer betrat derweil das Zimmer und richtete die Handfläche gegen die Kammer.

Hannah sah auf das Kantholz hinunter. Es klebte sein Blut daran. Als sie sah, wie hilflos ihr Vater wirkte, bereute sie, das Holz aufgehoben zu haben.

»Mit dem Ding?« Es war keine Frage, eher eine Feststellung, die Joe einigen Sekunden lang verdaute. Dann hob er Hannahs Waffe auf. »Nur für den Fall«, beteuerte er.

Hannah bot sich ein skurriles Bild, denn in einer Hand hielt er das Kreuz fest, in der anderen das blutbesudelte Holz.

»Autsch!«, rief er und ließ das Kantholz fallen. »Splitter!«

Damit hatte er Daniels Aufmerksamkeit geweckt. Sein Blick erfasste Hannah und sein Kinn begann zu zittern. Tränen lösten sich aus den Augen ihres Vaters und rannen unaufhaltsam seine Wangen hinunter.

Wie gerne hätte Hannah ihm gesagt, dass sie es bereute, ihn geschlagen zu haben – aber sie konnte es nicht. Verstohlen wischte sie sich das Nass aus den Augen und wollte sich ihm gerade nähern, als Joes Mutter sie mit einem lauten »Stopp« davon abhielt.

»Keinen Schritt weiter«, flüsterte sie und sah aus, als würden ihr jeden Moment die wässrigen Augen aus den Höhlen fallen. »Er ist noch immer hier.«

»Wer ist hier?«, fragte Hannah, als wüsste sie die Antwort nicht längst. Doch sie brauchte diese Bestätigung für ihr Herz. Wenn sie ihren Dad ansah, konnte sie keine Spur von dem entdecken, was ihr vorhin noch Todesangst eingejagt hatte.

Joes Mutter sah sie skeptisch an. »Der Dämon«, wisperte sie und im selben Augenblick bäumte sich Daniel unter lautem Stöhnen auf.

Aus ihrer Westentasche zog sie ein kleines Fläschchen heraus, das aussah wie jenes, das sie Daniel gegeben hatte. Eilig öffnete sie den Verschluss und tropfte etwas von der Flüssigkeit auf ihre Hand, steckte es zurück und nahm eine Kette von ihrem Hals, die sie in Windeseile über seinen Kopf stülpte. Dann wischte sie ihre Hand an seinem Haar ab.

»Hannah, komm ran«, forderte sie.

Hannahs Knie schlackerten so stark, dass sie befürchtete, sie würden mit jedem Schritt weicher werden. Sie nahm sämtlichen Mut zusammen und näherte sich ihrem Vater. Jetzt erst erkannte sie ein hölzernes Kreuz an der Kette, die Mrs. Strawer ihm angelegt hatte. Der weiße Qualm kitzelte in ihrer Nase, umgab Daniel und entlockte ihm ein Zischen, das er gegen seine Tochter richtete.

»Joe, das Kreuz«, wies Mrs. Strawer an.

Nur langsam setzte sich Joe in Bewegung. Hannah sah über die Schulter und erkannte Panik in seinem Gesicht. Ihr Blick wanderte zurück zu Daniel, in dessen Augen sich rasend schnell schwarze Schlieren bildeten.

Sie verteilten sich im Weiß und erstreckten sich bis hinunter zu den Wangenknochen. Er sah sie giftig an und stieß ihr einige Laute entgegen, die Hannah nie zuvor gehört hatte. Kehlige Laute, ein Fauchen, dann brummte er und mischte ein Knarzen unter, während sich sein Körper vom Boden löste. Arme und Beine baumelten herab, sein Kopf hing im Nacken und er stieg mit der Brust voran zur Zimmerdecke hinauf. Eine Handbreit darunter hielt er an.

Mrs. Strawer murmelte mit gesenktem Haupt etwas vor sich hin. Als sie den Kopf wieder hob, erstarrte Hannahs Seele, denn ihre Augen waren weiß wie Schnee und sie stieß die gleichen Laute aus wie ihr Vater zuvor. Plötzlich drang aus seinem Mund ein schwarzer Rauch.

»Oh mein Gott, was ist das?«, floh es über Hannahs Lippen. Ihre Knie zitterten. Panisch blickte sie zu Joe hinüber, der nun zwischen ihr und seiner Mutter stand. Sie sah ihm an, dass er Vergleichbares ebenso wenig kannte wie sie selbst.

Mrs. Strawer wiederholte ihre Laute, während sie sich Daniel näherte. Hannahs Hand zitterte so sehr, dass der Qualm verwackelt hinaufstieg. Das schwarze Zeug aus dem Mund ihres Vaters verdichtete sich an der Decke. Es sah aus wie eine schwarze, feste Wolke, die alles Unheil dieser Welt in sich trug. Sie konnte keinen klaren Gedanken fassen, stand nur da und kämpfte gegen den Drang an, wegzulaufen.

Unvermittelt rauschte Daniels Körper herab und schlug hart auf dem Boden auf. Es fehlte nicht viel und sein Arm hätte sie getroffen. Direkt neben ihrem Dad fiel Hannah auf die Knie. Ein schrecklicher Gedanke verschaffte sich mehr und mehr Raum, bis er schließlich ungezügelt über ihre Lippen schlich. »Ist er tot?«

»Steh auf. Es ist noch nicht vorbei«, ordnete Joes Mutter streng an.

Mrs. Strawer streckte die Hand aus und deutete auf die Stelle, an der sich die schwarze Wolke gesammelt hatte. Hannah warf einen Blick über die Schulter und stellte voller Entsetzen fest, dass sich das Zeug senkte.

Es befand sich nun auf Augenhöhe mit ihr und schwebte bedrohlich auf sie zu. An ihrem Gesicht schoss Joes Hand vorbei. Entschlossen hielt er der Wolke das Kreuz entgegen. Hannah riss die Hand hoch, in der sie das Räucherwerk festhielt, und pustete den Qualm in das dichte Schwarz. Das Zeug wich zurück, um mit einem neuen Anlauf auf Hannah zuzustoßen.

War das der Augenblick, in dem sie sterben würde? Oder würde das Böse nun ihren Körper übernehmen und den Menschen, die sie liebte, entsetzliche Dinge antun? Sie wusste nicht, was schlimmer wäre. Grauenvolle Bilder jagten durch ihren Kopf. Sie erkannte Holden und Kathrin, sah sich mit ihrem Vater und sie erblickte Editha.

»Zurück«, hörte sie ihre Großmutter sagen und spürte, wie sie jemand am Arm packte.

Und dann sah sie Editha tatsächlich. Sie war wirklich da, nicht in ihrer Fantasie, sondern hier, genau zwischen ihr und der schwarzen Wolke.

»Mich willst du doch!«, schrie Hannahs Oma dem dichten Schwarz entgegen und rannte hinein.

Die Wolke löste sich auf und nahm Editha mit sich. Ein Moment der Stille flutete den Raum, Hannahs Gedanken und ihr Herz. Fassungslos starrte sie an die Stelle, an der sich gerade noch ihre Oma befunden hatte. »Was ist da eben passiert?«, flüsterte sie.

»Editha hat dein Leben gerettet und dafür mit ihrer Seele bezahlt«, erwiderte Mrs. Strawer.

Das wollte Hannah aber nicht hören und reagierte nicht darauf.

»Ist es weg?«, fragte Joe mit bebender Stimme.

»Ich fürchte, der Dämon hat sich nur zurückgezogen. Ihm genügt nicht eine Seele, wo er doch sieben haben könnte. Er wird wiederkommen«, klärte seine Mutter ihn auf und hielt inne, um gleich darauf mit Nachdruck fortzufahren. »Wir brauchen das Siegel.«

Sie hastete zur Kammer und nahm die hölzerne Kiste an sich. Hannah erschauderte bei dem Gedanken, den Dämon darin einzusperren und diese Kiste in ihrer Nähe zu wissen.

Daniel begann zu husten. Mit krächzender Stimme gab er zu verstehen, er sei in Ordnung. Für Hannah jedoch war nichts mehr in Ordnung. Sie hatte das Monster in ihrem Vater erlebt, ihr Bruder war von dem Dämon benutzt, und ihr Glauben bis in die Grundmauern erschüttert worden. Nichts war mehr so, wie sie es kannte.

# Kapitel 17

## Das Siegel

Hannah und Joe stürmten auf die Haustür zu. Noch immer ließ sie sich nicht öffnen. Sie waren also trotz Allem Gefangene dieses Hauses.
Entmutigt stießen sie zu den anderen ins Wohnzimmer, wo Hannah ihren Vater entdeckte, der zitternd wie Espenlaub in eine Wolldecke gehüllt war. Leichenblass ließ er sich nur widerwillig von seiner Frau die Wunde am Kopf versorgen. Neben ihm stand ein Eimer. Er würgte, während Kathrin die Wunde säuberte. Sie hielt einen Moment inne.

Hannah setzte sich neben Holden, der sich vollkommen verängstigt an seine Schwester klammerte.

Joes Mutter ging die Räume mit dem Räucherwerk ab. Immer wieder blieb sie im Wohnzimmer stehen,
verteilte den Rauch und murmelte etwas vor sich hin, dann trat sie einige Schritte vor und wiederholte das Ganze. Hannah musste husten. Der Rauch kratzte in ihrem Hals und brannte in ihren Augen, aber sie hielt es aus, ohne sich zu beschweren.

Als sie sich Daniel näherte, und der Rauch ihn mit zarten Ausläufern erreichte, übermannte ihn ein heftiges Würgen. Geistesgegenwärtig schnappte er nach dem Eimer und erleichterte sich darin. »Es tut mir leid«, entschuldigte er sich und zog die Decke über die Schultern.

Kathrin erfühlte am Hals seine Temperatur. »Du bist warm.«

»Mir ist, als würde ein Feuer in mir brennen«, entgegnete er. Seine Zähne schlugen beim Sprechen aufeinander.

»Wir müssen hier raus«, proklamierte Joe.

Hannah sah ihn zornig an. »Sehr witzig. Wenn du einen Weg nach draußen findest, sag Bescheid.«

»Ohne das Siegel gehören wir bereits der Hölle«, verdeutlichte Joes Mutter. »Editha hat es hier im Haus hinterlegt. Sie besaß nicht die Kraft, es anzuwenden. Aber du«, behauptete sie und sah Hannah fordernd an. »Du besitzt die Kraft, Shahur zu bezwingen.«

Eiseskälte kroch Hannah in die Knochen. Wie sollte sie gegen einen Dämon siegen?

»Hannah, du musst dich erinnern. Was weißt du über das Siegel? Hat dir Editha etwas darüber erzählt?«, wollte Mrs. Strawer wissen und neigte sich zu ihr hinunter. Der Rauch des Kräuterbündels staute sich vor ihrem Gesicht, reizte Hannahs Atemwege und entlockte ihr einen kräftigen Husten.

»Nehmen Sie das von ihr weg. Das ist bestimmt krebserregend, das Zeug«, beschwerte sich Kathrin und wedelte mit der flachen Hand den Qualm aus dem Gesicht ihrer Tochter.

Joes Mutter hielt inne, sah Kathrin eindringlich an und zog einen Mundwinkel hinauf. »Oh, Sie müssen sich keine Sorgen um Krankheiten machen. So viel Zeit wird keinem von uns mehr bleiben, wenn es uns nicht gelingt, den Dämon zu vertreiben.«

»Was ist mit dem Priester? Pater Andrews? Vielleicht kann der uns helfen. Als er das Haus gereinigt hatte, war es ruhig«, schlug Kathrin vor, aber Mrs. Strawer lachte nur.

»Dieser Stümper ist ein Sklave seiner Angst. Er hat das Haus nicht gereinigt. Der Dämon Shahur hat sich nur zurückgezogen, um sich zu sammeln«, klärte sie auf. Ihr Blick veränderte sich, sie starrte jeden einzelnen von ihnen an und setzte leise nach: »Wäre er nicht weggelaufen, hätte Editha das Siegel dazu verwendet, Shahur in das Tchabrak zu zwingen.«

»Wie meinen Sie das?«, fragte Kathrin, sichtlich verwirrt.

»Ich habe ihr das Siegel gegeben. Der stümperhafte Priester hat sie aber davon überzeugt, dass die kirchliche Macht meine um vieles überragt. Er redete ihr ein, dass die Benutzung des Siegels nur den Dämon mit neuer Kraft füttern würde. Editha vertraute ihm. Einige Tage lang kehrte Ruhe ein und sie glaubte, die Finsternis aus ihrem Haus vertrieben zu haben.«

»Dem war aber nicht so«, stellte Hannah nüchtern fest.

Joes Mutter schüttelte den Kopf und presste missbilligend die Lippen aufeinander. »Danach wurde alles nur viel schlimmer.«

»Eins verstehe ich noch immer nicht«, meldete sich Daniel. »Wo kommt das Ding her? War es schon immer da?«

Hannah betrachtete ihren Vater.

Kathrin seufzte. »Kann es sein, dass sie bewusst nach dem Ding gesucht hat?« Sie lief einige Schritte im Zimmer auf und ab. Sämtliche Blicke waren auf sie gerichtet, nur Hannah senkte beschämt den Kopf. »Sie hatte schon immer diesen Hang zum Okkultismus.«

»Ihr fiel das Tchabrak zufällig in die Hände«, antwortete Mrs. Strawer.

»Aber warum hat sie sich nicht sofort Hilfe geholt, als sie gemerkt hat, dass da ein Dämon drin haust?«, fragte Daniel.

Hannah sah ihn an. In seinem Gesicht spiegelte sich die Ahnungslosigkeit. Wie sollte er auch die Hintergründe kennen, er hatte weder den Brüdern Strotman noch Joes Mutter richtig zugehört.

»Es war die Angst vor dem Vergehen«, warf Hannah kleinlaut ein. »Sie wollte ihre Jugend erhalten.«

»Und dafür«, übernahm Joes Mutter und legte ihre Hand auf Hannahs Schulter. »Dafür musste sie Opfer bringen. Dämonen sind hinterlistige Geschöpfe. Am Anfang ging es um nur eine Seele für ewige Jugend.«

»Oh Gott«, warf Kathrin ein und sah aus, als hätte sie einen Geist gesehen. »Sie hat meinen Vater geopfert.«

Mrs. Strawer nickte. »Damit fing alles an. Aber der Dämon gab sich nicht zufrieden und forderte weitere Opfer. Er besuchte sie in einem Intervall von neun Jahren. Er wollte junge Seelen, Kinder, die er zu seinen Zwecken einsetzte.«

»Die Kinder mit den schwarzen Augen«, erinnerte sich Hannah.

»Richtig. Diese Kinder sind das Verbindungsglied zwischen dem Dämon und den Lebenden. Sie sind in der Lage, Menschen zu manipulieren und sie zu Dingen zu bewegen, die sie bei vollem Bewusstsein niemals tun würden«, erklärte Mrs. Strawer und setzte sich neben Daniel auf die Couch.

»Sowas haben auch Bill und Kyle gesagt«, bestätigte Hannah.

Daniel blickte sie eindringlich an. Sie konnte die Frage hinter seiner Stirn deutlich erkennen, deshalb antwortete sie entschuldigend darauf. »Dad, ich musste nach Antworten suchen.«

Er senkte den Blick und wollte sich an die Stirn fassen, aber Kathrin hielt ihn davon ab, und legte ihm einen Verband an.

Eine Ungereimtheit fiel Hannah jedoch auf. »Die Strotmans hatten gesagt, Kinder wären ihm zum Opfer gefallen.« Ihr Blick wanderte zu ihrem Vater. Mrs. Strawer verstand sofort, worauf sie hinauswollte und sagte: »Suchtkranke sind noch leichter zu manipulieren als jedes Kind.«

Daniel hob langsam den Blick. Seine Augen glänzten und er rieb rasch das Nass aus ihnen.

»Du hast was vergessen«, erinnerte Joe seine Mutter aufmerksam.

»Danke, mein Junge.« Sie nahm ihr Amulett in die Hand. »Editha starb wenige Wochen nach der sogenannten Reinigung durch Pater Andrews. Das Leben und ihre Jugend waren ihr entzogen worden. Der Dämon war wütend, denn sie hatte ihn hintergangen. Ich weiß nicht, wie der Priester es schaffte, aber er verbannte das Höllenwesen in Edithas Altarraum.«

»Die Kammer«, stellte Hannah fest.

»Die Kammer«, wiederholte Mrs Strawer. »Hättet ihr sie nicht geöffnet, säße der Dämon noch immer in seinem Gefängnis.«

»Sie sagten«, unterbrach Hannah. »Nur Blut von ihrem Blut wäre in der Lage, das Ding zu vernichten.«

»Es ist deine Aufgabe, die Schuld deiner Großmutter zu begleichen«, sagte sie und erntete Zorn – Daniels Zorn.

»Wie können Sie so etwas nur verlangen? Hannah hat damit nichts zu tun. Helfen Sie uns. Sie sind doch eine Hexe, oder? Dann müsste es für Sie ein Kinderspiel sein, das Ding zurück in die Hölle zu schicken.«

»So einfach, wie Sie sich das vorstellen, ist das leider nicht. Ich habe das Siegel ausfindig gemacht, aber damit ist meine Macht erschöpft. Der Dämon wird weitere Opfer verlangen und Sie können von Glück sagen, dass Hannahs Mut größer ist als *Ihre* Angst. Sonst hätten Sie Ihre Frau heute Nacht getötet.«

Daniel errötete. Hannah sah es in seinen Augen: Joes Mutter hatte das ausgesprochen, wovor er sich versteckte. In diesem Augenblick wusste sie, dass er sich genau daran erinnern konnte, was er getan hatte. Doch sie warf es ihm nicht vor, denn Hannah war sich gewiss, dass es nicht seine Entscheidung gewesen war. Sie ging in sich und versuchte, sich daran zu erinnern, was sie über das Siegel wusste. Doch das Einzige, das ihr dazu einfallen wollte, war der Moment, als Editha auf das Badezimmer gezeigt hatte.

»Hannah, die Bänder, die ich Joe gegeben habe. Trägst du deins?«, wollte Joes Mutter wissen.

Sie schob den Ärmel ihres Shirts hinauf und legte das blaue Bändchen frei.

»Sehr gut. Ich habe die Bänder mit einem Schutzzauber belegt.«

»Deshalb konnte er mich nicht berühren«, begriff Hannah. »Und Joe auch nicht.«

»Du darfst es unter keinen Umständen ablegen, hörst du?«, drängte Mrs. Strawer.

»Das Siegel bringt Erlösung«, erinnerte sich Hannah an die Worte ihrer Großmutter. »Es muss im oberen Badezimmer sein.«

»Wie kommst du darauf?«, fragte Kathrin, während Mrs. Strawer sie erwartungsvoll begutachtete.

»Oma hat es erwähnt. Sie wollte, dass ich ins Bad gehe.«

»Sehr gut«, lobte Joes Mutter. »Geh mit Joe hinauf.«

»Was? Nein! Das können Sie sich abschminken. Meine Tochter wird bestimmt nicht da rauf gehen.«

Mrs. Strawer wandte sich zornig Daniel zu. »Sie gehen mir langsam gehörig auf die Nerven, Mr. Daniel Goodman.«

»Dad, es ist nichts dabei«, beteuerte Hannah, aber ihr Vater sah das ganz anders.

»Dieses Ding hat seinen Ursprung da oben. Es wird dich angreifen. Das kann ich nicht zulassen!« Er stand auf und ging zur Tür. Dort stellte er sich breitbeinig und mit verschränkten Armen hin, um sie am Gehen zu hindern. »Nur über meine Leiche«, sagte er und entlockte Mrs. Strawer ein grimmiges Schnaufen.

»Das lässt sich einrichten.«

»Mom«, rügte Joe sie, aber Mrs. Strawer stand auf und ging entschlossen auf Daniel zu.

Er wurde sichtlich nervös. »Bleiben Sie, wo Sie sind«, forderte er sie mit wackeliger Stimme auf.

»An Ihrer Stelle würde ich lieber aus dem Weg gehen«, setzte Joe nach und erreichte damit, dass Daniel zumindest seine Arme hängen ließ, aber er rührte sich nicht vom Fleck.

»Was jetzt? Wollen Sie mich mit irgendeinem Fluch belegen?«

»Oh, dafür braucht es keinen Fluch«, drohte die kleine Frau, hob ihre Hand und berührte eine Stelle an Daniels Schlüsselbein.

Hannah befürchtete, dass ihr Vater gleich ausrasten könnte, und wollte dazwischen gehen. Dann aber sackte er zu Hannahs Verwunderung einfach in sich zusammen.

»Akupressur«, erklärte Mrs. Strawer mit einem siegreichen Grinsen im Gesicht, rieb sich die Hände und ließ ihren Blick über die Gesichter der Anwesenden streifen.

Joe kicherte, Kathrin staunte und Holden lugte hinter seiner Mutter hervor. Er wirkte sehr angespannt und schien die Ausgelassenheit der Strawers nicht zu begreifen.

»Dein Daddy wird in einigen Minuten sehr ausgeschlafen wieder aufstehen«, beteuerte Mrs. Strawer und winkte Kathrin herbei. »Kommen Sie, wir sollten ihn hier nicht liegenlassen.«

Die Frauen mühten sich ab, den schweren Körper auf die Couch zu hieven, während sich Hannah ihren Freund vornahm. »Du bleibst hier«, sagte sie entschlossen.

Joe schüttelte den Kopf. »Auf keinen Fall gehst du da alleine hoch«, widersprach er.

Hannah hob ihr Handgelenk und deutete auf das Bändchen. »Siehst du das? Es sitzt bombenfest.«

Doch Joe tat es ihr gleich und zeigte sein Band vor. »Das auch. Ich lasse mich nicht abwimmeln. Hätte ich dir alles von Anfang an erzählt, dann wären wir jetzt vielleicht nicht hier. Mir ist egal, was du sagst, ich komme mit.«

Seiner Entschlossenheit wusste Hannah nichts entgegenzusetzen. Also sah sie ihn nur an und hoffte, er würde zur Besinnung kommen. Das tat er aber nicht. Als sie das Wohnzimmer verließ, folgte er ihr. Sie betrat die Treppe, legte eine Hand auf das Geländer und drehte sich zu ihm um. »Joe, kehr um«, bat sie höflich und erhielt ein rasches Kopfschütteln zur Antwort. »Wie du willst, aber jammere hinterher nicht.«

Das Badezimmer verfügte über ein Fenster, durch das Hannah eine Bewegung im Laternenschein wahrnahm. Sie sah hinaus und entdeckte ein Kind in einer roten Bluse, das sich mit anderen

Gestalten seiner Größe dem Haus näherte. Das Laternenlicht ließ die weiße Hose erstrahlen.

»Das ist Mary Parker«, hörte sie Joe sagen, der über Hannahs Schulter hinausblickte. »Was macht sie da unten?«

»Da sind noch mehr Kinder«, stellte Hannah fest.

»Scheiße, sie kommen alle her. Hätte nicht gedacht, dass es so viele sind. Aber was wollen die hier?«

»Du meinst, das sind alles Schwarzaugen?« Hannah konnte nicht fassen, was sie sah. Sie blinzelte, aber die Kinder verschwanden nicht. Mitten im Garten blieben sie stehen, nahmen sich an den Händen und blickten zu Hannah hinauf.

Erschrocken wich sie zurück und wisperte: »Sie haben uns bemerkt.«

»Scheiße! Suchen wir das verdammte Siegel und dann nichts wie runter.«

Hannahs Denkapparat setzte aus. Editha hatte auf das Badezimmer gezeigt, aber wo zum Teufel sollte sie nur suchen? Hier gab es nichts. Die Schränke waren mit frischen Handtüchern bestückt und der Raum gefliest. Hier gab es kein geheimes Versteck. Hinter der Spiegeltür des Hängeschranks hatte Hannah ihre Sachen eingeräumt, die linke Seite gehörte Holden und die

Fläche in der Mitte hatten sich ihre Eltern eingerichtet.

»Wo würdest du dich verstecken, wenn du ein Siegel wärst?«, fragte Joe.

Er hatte recht, denn so einfach konnte es nicht sein. Die Kammer war hinter einer Tapete verborgen gewesen, der Türknauf im Schuppen zwischen all den anderen aussortierten Dingen. Das Siegel musste hier irgendwo sein, aber es war bestimmt nicht einfach in einen Schrank gelegt worden.

»Die Fliesen«, folgte sie einer Eingebung. »Wir müssen die Fliesen abklopfen. Irgendwo muss ein Hohlraum sein.«

»Hey, gut.«

Joe übernahm die Wand hinter der Badewanne, während sich Hannah um die Fliesen über dem Waschbecken kümmerte. Sie klopften und lauschten und klopften wieder. Nichts. Dann entdeckte Hannah einige kaum sichtbare Kratzer auf dem Boden vor dem Hochschrank mit den Handtüchern.

»Joe«, rief sie und ging in die Hocke, um die Schrammen zu berühren. »Hilf mir, den Schrank wegzurücken.«

Joe eilte wie ein geölter Blitz auf den Schrank zu und zog ihn beinahe alleine vor. Hannah stand mehr im Weg, als ihm zu helfen. Hinter dem Möbelstück waren die Fliesen vergilbt. Hannahs Blick rasterte die Wand von oben nach unten. Als sie am Boden ankam, fiel ihr eine Fliese auf, die sich abhob. Die Fugen waren herausgebrochen und an einigen Stellen sahen sie aus, als hätte man kleine Stücke trockener Fugenmasse locker hineingelegt.

Ein Scheppern aus dem unteren Bereich ließ sie hochfahren. Hannah stürmte zur Tür, diese aber fiel mit einem heftigen Ruck ins Schloss.

»Sie sind drin«, bemerkte Joe, der aus dem Fenster sah. »Die verdammten Kinder sind im Haus!«

Entsetzt starrte sie ihn an. Holden schrie, Kathrin brüllte und Mrs. Strawer zitierte einen Text in einer fremden Sprache. Es polterte, die Badezimmertür sprang auf und Kathrins Wehklagen hallte durchs Haus. Das Blut gefror in Hannahs Adern.

»Sie haben Holden«, bestätigte Joe ihre Vermutung.

Unvermittelt eilte sie zum Fenster, um sich selbst davon zu überzeugen. Und da war er.

Holden – inmitten der Kinder, Hand in Hand bildeten sie eine Kette und traten aus dem Laternenlicht in die Dunkelheit hinein. Eine Klaue legte sich um Hannahs Herz. Mit beiden Fäusten hämmerte sie gegen die Scheibe, aber er reagierte einfach nicht.

Versteinert blickte sie ihrem Bruder hinterher. Er hatte sich nicht zur Wehr gesetzt, war einfach mitgegangen. In diesem unsäglichen Moment brach Hannahs Seele zusammen und rappelte sich im nächsten Augenblick wieder auf. Mehr denn je breitete sich der Wunsch danach aus, den verdammten Dämon in die Hölle zurückzuschicken. Sie trocknete ihre Tränen hastig und widmete sich wortlos der Fliese. Joe reichte ihr eine Metallnagelfeile. »Hier, damit kommst du besser rein.«

Sie sah ihn an. »Wenn wir wieder unten sind, nimmst du deine Mutter und haust ab«, sagte sie.

»Und euch hierlassen? Niemals! Vergiss es!«

Sie sah ihn eindringlich an, aber er wich ihrem Blick aus und stellte sich wieder ans Fenster. Jetzt war er nicht zu überzeugen, dachte sie, aber wenn sie erst einmal die offene Tür entdeckten, würden es sich Joe und seine Mutter bestimmt anders überlegen.

Sie kratzte die restliche Fugenmasse heraus und schob die Feile unter das Steingut. Als sich die Fliese mit leichtem Druck heben ließ, musste Hannah schlucken. Dieser Moment könnte alles verändern, dachte sie und sah Joe an. Er wirkte genauso verwirrt, wie sie sich fühlte.

Und dann hob sie das Teil an und legte eine runde Aussparung darunter frei. Ein Stofffetzen lag darin, Hannah hob ihn heraus. Im selben Augenblick wurde es so kalt, dass sie ihren Atem sehen konnte. Ein Knistern an der Tür forderte ihre Aufmerksamkeit. Sie konnte zusehen, wie sich Eisblumen am Türrahmen bildeten.

»Beeil dich. Hol das verflixte Ding da raus und dann weg hier!«, rief Joe gehetzt.

Aus dem unteren Stockwerk gellte Kathrins Schrei durch das Haus.

Hannah schlug die Ecken des Stoffs zurück. Eine unscheinbare silberne Scheibe war darin eingebettet. Sie war mit einigen ineinandergeschlungenen Zeichen und Zahlen versehen. Das musste es sein. Das war das Siegel.

Mit dieser Erkenntnis wickelte sie es wieder in den Stoff und schob es in ihre Hosentasche.

»Ja! Du hast das Scheißding gefunden!«, ließ Joe erleichtert fallen und folgte Hannah die Treppe hinunter.

# Kapitel 18

## Für Holden

Hannah nahm immer gleich zwei Stufen. Der einzige Gedanke, den sie fassen konnte, war der, ihren Bruder zu retten. Getrieben von dem Wunsch, sich zu vergewissern, dass er tatsächlich entführt worden war, hastete sie zur Haustür. Doch nichts hatte sich an dem Zustand geändert, dass sie Gefangene dieses Gemäuers waren. Hannahs Blick fiel auf trockenes Laub. Es lag verstreut im Eingangsbereich, als wäre es hineingeweht worden. Demnach musste die Tür irgendwann offengestanden haben. Joe hastete an ihr vorbei und versuchte, die Gefangenschaft mit Gewalt zu beenden. Seine Bemühungen blieben jedoch erfolglos.

Sie konnte nicht weiter mit ansehen, wie verzweifelt er sich abrackerte. »Spar deine Kraft. Wer weiß, wofür du sie noch brauchst.«

»Aber hier war jemand drin, ganz sicher!«, widersprach er und rüttelte erneut an der Tür.

»Das kann auch reingeweht worden sein, als deine Mom reinkam«, versuchte sie, ihn zu überzeugen.

Missmutig ließ er von der Klinke ab und drehte sich ihr zu. Ein Blitzen huschte über seine Augen. »Aber wie ist dann Holden hier rausgekommen? Er wird ja wohl kaum durch die geschlossene Tür gegangen sein!«

Diese Idee saugte sich wie ein Blutegel an Hannahs Hinterkopf fest und schürte die Hoffnung, dass sie einem Trugbild aufgesessen waren. Ohne ein weiteres Wort drehte sie sich auf dem Absatz um und rannte ins Wohnzimmer, aus dem das Wimmern ihrer Mutter ertönte.

Als Hannah ihren Blick von der Tür aus durch den Raum gleiten ließ, blieb sie zunächst im Eingang stehen, denn ihr bot sich ein verwirrendes Bild. Ihr Dad hielt sich an ihrer Mom fest. Er wirkte, als könne er jeden Augenblick zusammenbrechen – genau wie Kathrin. Ihre Verzweiflung umgab sie wie ein Tornado, der jegliche Hoffnung mit seiner Kraft in winzige Stücke riss.

Und dann erfasste Hannahs Blick die Couch, auf der Holdens kleiner Körper lag. Er sah aus, als würde er tief und fest schlafen. Wie Millionen kleiner Spinnenbeine rieselte es Hannah den Rücken runter. Was, wenn er nicht schlief, wenn er ... Nein, daran durfte sie nicht einmal denken. Holden ging es gut – ganz sicher!

Aus der hinteren rechten Ecke forderte eine träge Bewegung ihre Aufmerksamkeit.

Hannah erkannte Joes Mom, die sich kopfreibend vom Boden klaubte und sie entschuldigend ansah. »Ich hatte keine Chance. Seine Macht wird immer größer.«

Keine Chance? Es dauerte einige Herzschläge, bis Hannah die losen Enden zusammenknüpfen konnte. Ihr Puls beschleunigte. »Was ist denn passiert?«, fragte sie und eilte zu Holden.

Schon, als sie ihn berührte, erkannte Hannah, dass er nicht einfach nur schlief. Seine Haut war blass und fühlte sich an, als hätte er im tiefsten Winter im Schnee gelegen. Erschrocken blickte sie erneut zu Mrs. Strawer. »Was ist mit ihm?«

Joes Mutter rang sichtlich mit den Tränen. Sie schluckte, näherte sich Hannah und wisperte: »Sie haben seine Seele.«

In diesem Augenblick brach die ganze Welt über Hannah zusammen und begrub sie unter den Trümmern. Wie versteinert stand sie da und zitterte, als würden sich ihre Atome neu ordnen, nur um jeden Moment zu Staub zu zerfallen. »Seine

Seele? Dann ist er verloren?« Ihre brechende Stimme erlaubte kaum ein weiteres Wort.

Erst Mrs. Strawers Berührung und ihr beruhigender Blick holten Hannahs Kampfgeist zurück aus dem Totenreich, in das er geflohen war. »Nicht, wenn ihr das Siegel gefunden habt.«

Kathrins Weinen erfüllte den Raum. Am liebsten hätte Hannah mit ihr gemeinsam ihrer Trauer freien Lauf gelassen, aber sie konnte nicht. Sie durfte nicht, denn sie musste alles tun, um Holdens unschuldige Seele zurück in seinen Körper zu holen.

Aus den tiefsten Tiefen ihres Seins zerrte Hannah all ihren Mut zusammen und erwiderte: »Wir haben es.«

Die Anspannung fiel sofort von Joes Mutter und sie bekreuzigte sich. »Jetzt können wir endlich kämpfen.«

Die Worte erfüllten Hannah mit frischer Hoffnung. Sie wusste, wenn Mrs. Strawer auch nur den Funken von Erfolg sah, hatten sie eine Chance, diesen Albtraum zu beenden.

»Wir dürfen keine Zeit verlieren«, warf Joes Mutter ein. »Je länger der Junge im Bann des Dämons ist, umso schneller wird sein Körper altern.«

Hannah war bereit, diesem Höllenwesen entgegenzutreten und es zurück in die Unterwelt zu jagen.

»Wir müssen warten, bis sich Shahur zeigt«, erklärte Joes Mutter.

Warten? Nein, das wollte Hannah nicht. Sie hatten schon genug Zeit verloren. Außerdem wollte sie nicht riskieren, dass Holden seine Jugend einbüßte. »Wenn nicht, müssen wir ihn herauslocken.«

Mrs. Strawer strich ihre Kleidung glatt und richtete die Frisur, während Hannah ungeduldig auf Anweisungen wartete. Immerhin kannte sie sich besser in dem Bereich aus als Hannah, die vor diesen Erlebnissen Dämonen für eine Erfindung der Kirche gehalten hatte, um die Existenz Gottes zu untermauern. Doch nun war ihre Meinung darüber eine andere.

»Wir müssen nach oben«, bekräftigte Mrs. Strawer.

»Wir gehen alle zusammen«, meldete sich Daniel zu Wort. »Wären wir zusammengeblieben, wäre Holden jetzt nicht ...«, er konnte den Satz nicht beenden, rang mit den Tränen und sah auf den schlaffen Körper seines Kindes hinab.

»Mr. Goodman. Ich kann Ihnen nicht vorschreiben, was Sie tun sollen. Ich kann Ihnen nur empfehlen, hierzubleiben. Hier bei Ihrem Jungen. Oder wollen Sie ihn unbeaufsichtigt hier liegen lassen?«

Sein nervöser Blick huschte zwischen seinen Kindern hin und her. »Wir nehmen ihn mit«, beschloss er.

Mrs. Strawer schüttelte den Kopf. »Wie Sie meinen.« Dann wandte sie sich Hannah zu. »Leg das Siegel frei«, sagte sie und nahm das Tchabrak vom Tisch. »Du musst ihn mit Hilfe des Siegels und seines Namens in die Kiste zwingen.«

Gänsehaut flutete Hannahs Rücken und erstreckte sich auf die Oberschenkel. »Verstehe. Shahur, richtig?« Mit zitternder Hand zog sie das Siegel aus der Hosentasche und befreite es von dem Tuch. Das Metall fühlte sich warm an, als hätte der Kontakt mit ihrer Haut irgendetwas daran aktiviert.

Mr. Strawer nickte wohlwollend. »Keinesfalls darfst du dich ablenken lassen. Der Dämon könnte dich sonst in die Hölle reißen.«

Hannah schluckte und horchte in sich hinein. Doch ihre innere Stimme versicherte ihr, dass sie bereit war, dieses Risiko einzugehen. Davon, dass Joes Mutter genau wusste, was zu tun war, war sie felsenfest überzeugt. Sollte etwas schiefgehen, dann würde Joes Mom dieses Mistding schon zurück in die Hölle befördern. Hannah aber musste alles Erdenkliche versuchen, um den Fehler ihrer Oma wieder zu berichtigen. In ihren Adern floss

Edithas Blut und das war Hannahs größte Waffe. Sie blickte zu ihrer Mutter, die wie ein Häufchen Elend vor Holden kniete und weinte. »Ich bin bereit«, versicherte Hannah.

»Was? Nein, nein, nein. Das ist eine ganz schlechte Idee«, widersprach ihr Vater.

»Dad, das hatten wir schon. Ich mache es«, bestimmte Hannah und sah zu Holden hinunter. »Für seine Seele.«

Er setzte an, etwas zu sagen, aber sie fuhr ihm einfach über den Mund. »Wenn du dabei sein willst, dann halte dich mit deiner Meinung zurück. Ich hab keine Lust, in die Hölle einzuziehen.«

Für Hannah war es nicht einfach, sich dermaßen konsequent gegen ihn zu stellen, aber sie zwang ihre Angst in den hintersten Winkel der Seele. Noch immer hatte sie vor Augen, wie er ihre Mom an den Haaren hinter sich hergezerrt hatte. Das würde sie auch nicht mehr so schnell verdrängen können. Doch im Moment wirkte er ziemlich zahm.

Blicke wanderten umher. Hannah spürte, dass sie nicht die Einzige mit der Sorge war, im Kampf zu versagen. Auf ihren Gesichtern zeichnete sich der unausgesprochene Abschied von diesem Leben ab. Dennoch versuchte sie, so überzeugend wie möglich zu klingen, als sie sagte: »Der Mistkerl legt sich mit den Falschen an.«

Sie wartete nicht auf Reaktionen, die würden eh nicht kommen und sie brauchte sie auch nicht. Stattdessen eilte sie zur Treppe, legte ihre Hand auf das kalte Geländer und sah ehrfürchtig hinauf. Das Herz trommelte so heftig in ihrer Brust, dass es die Angst mit jedem weiteren Schlag ein Stückchen mehr bezwang. Hannah konnte die Präsenz des Dämons ganz deutlich spüren. Die feinen Härchen auf ihren Armen stellten sich wie feinfühlige Antennen auf. Sie erschauderte und schloss das Siegel fester in ihre Hand.

Mit weichen Knien betrat sie die erste Stufe und spürte, dass die Temperatur schlagartig fiel. Hannahs Finger krallten sich am Geländer fest. Ihre Füße waren mit einem Mal schwer wie Blei. Sie zwang sich, weiter hinaufzusteigen und blieb auf halber Treppe stehen, um sich zu vergewissern, dass sie nicht alleine gegen das Höllenwesen antreten musste. Als sie einen Blick über die Schulter warf, fühlte sie sich gestärkt.

Dicht hinter ihr war Joe, der zwar aussah, als stünde er unter einem Bann, aber er war da. Zwei Stufen hinter ihm befand sich seine Mutter. Sie hielt das Tchabrak wie ein rohes Ei und murmelte etwas vor sich hin. Hannah musste es nicht hören, sie war sich sicher, dass es Gebete waren, die ihnen Schutz bieten sollten.

Als sie ihren Dad erblickte, erzitterte Hannahs Seele. Er trug, dicht gefolgt von Kathrin, Holdens schlaffen Körper und war gerade dabei, die erste Stufe zu betreten, als sich ihre Blicke trafen.

»Dad, bleibt unten. Holden wäre hier oben komplett wehrlos. Bitte!«

Daniel starrte seine Tochter an, drückte den leblosen Körper seines Sohnes fest an sich und nickte. Nahm er sie etwa ernst? Wenn das so war, konnte sie ihre ganze Energie auf das konzentrieren, was vor ihnen lag.

Aufmerksam sah sie wieder nach oben und entdeckte Eisblumen, die wie eine dünne Spitzendecke die Treppe herunterkrochen. Unbeirrt stieg sie weiter hinauf. Unter ihren Füßen knisterte der Frost und Hannahs Atem schien zu gefrieren, als sie die oberste Stufe erreichte. Fröstelnd rieb sie sich die Gänsehaut von den Armen, während das Siegel fest in ihrer Hand lag. So fest, dass sie das Gefühl hatte, es würde sich in ihr Fleisch graben.

Und dann entdeckte sie die Quelle des Wintereinbruchs. Die Kälte drang aus ihrem ehemaligen Zimmer. Dickes Eis überzog die Möbelflächen und kroch gemächlich in den Flur hinaus und die Treppe hinunter.

»Scheiße, ist das kalt«, bibberte Joe dicht hinter ihr. »Ich dachte immer, die Hölle wäre heiß.«

»Es kommt immer darauf an, mit welchem Höllenwesen man es zu tun hat«, erklärte Mrs. Strawer.

Ein fauliger Gestank schlug ihr beim Betreten des Raums entgegen. Hannah bemühte sich, den Würgereiz zu unterdrücken. Sie durfte sich nicht ablenken lassen, auch nicht von diesem Gestank verwesenden Fleisches. Das Zimmer sah aus wie eine Eishöhle. Von der Decke hingen dicke Eiszapfen, einer davon sah ziemlich locker aus. »Pass auf«, sagte sie zu Joe und deutete hinauf.

Just in dem Moment löste sich der Zapfen und zerbarst vor Hannahs Füßen. Erschrocken sprang sie zur Seite und wich gerade so aus.

»Er will uns einschüchtern«, meinte Mrs Strawer und schlich an Hannah vorbei, tiefer in das Zimmer hinein. An der Kammer blieb sie stehen und versuchte, die Tür zu öffnen. Diese aber war so vereist, dass sie sich vergeblich abmühte.

Ein tiefes Grollen erfüllte den Raum.

Hannah erstarrte. Sie atmete flach und unkontrolliert, während ihr Puls raste, als könnte andernfalls das Blut in ihren Adern gefrieren. Sie musste sich auf den Dämon konzentrieren.

Im Augenwinkel bemerkte Hannah eine schwarze Ansammlung und richtete ihren Blick auf den Eiszapfen, an dessen Ende sich dichter schwarzer Rauch sammelte.

Das war Shahur! Das Siegel glühte in ihrer Hand. Doch gerade, als sie den Arm hob, um es gegen den Dämon zu richten – um dem Ganzen ein Ende zu bereiten, packte Mrs. Strawer ihr Handgelenk.

»Noch nicht. Er muss sich manifestieren.«

Was? Sie sollte warten, bis sich das Ding vor ihr aufbaute? Hannah war kurz davor, die Nerven zu verlieren. In ihr jagten sich die Gefühle wie beim Einkriegezeck. Hannah wäre am liebsten weggelaufen, aber da war ja die Sache mit ihrem kleinen Bruder, der auf ihren Mut angewiesen war. Also sortierte sie das Chaos, das sich wie eine Gewitterwolke in ihrem Bauch zusammenbraute, und klärte ihren Geist.

Der Rauch verdichtete sich, umspielte das Eis und sammelte sich in einer zähen schwarzen Masse an der Spitze. Ein langer Tropfen entstand, der sich langsam zum Boden hin abseilte.

»Was passiert mit Holden, wenn er besiegt ist?«, flüsterte sie Mrs Strawer zu.

»Seine Erinnerung wird mit der Zeit verblassen«, erwiderte sie.

Das war nicht ganz, was sie wissen wollte. Deshalb fragte sie präziser: »Wird er sterben?«

»Wir werden alle irgendwann sterben. Sei stark, dann kannst du Holdens Seele retten.«

Holdens Seele zu retten, war zwar ganz der Plan, aber Hannah wollte mehr als das. Sie gab sich nicht mit seinem Seelchen zufrieden. Hannah wollte seine Zukunft retten. Holden stand doch erst am Beginn seines Lebens. Eines, von dem Hannah erwartete, dass es lang und glücklich werden würde. Und nun hing die Aussage von Joes Mutter wie das Schwert des Damokles über dieser Zukunft. Nein – das hatte überhaupt nichts mit Fairness oder gar Schicksal zu tun.

Mrs. Strawer stellte das Tchabrak auf den Boden und breitete die Arme aus. Ein leises Murmeln drang aus ihrem Mund. Sie verdrehte die Augen, sodass nur das blanke Weiß zu sehen war, genauso wie beim letzten Mal.

Hannah wandte sich Joe zu, der sich knieschlackernd an dem Kreuz in seinen Händen festklammerte.

»Was tut sie da?«

»Ich befürchte, sie beschleunigt das Ganze«, antwortete er mit brechender Stimme.

»Wie denn?«

»Indem sie ihn in seiner Sprache herausfordert«, erwiderte Joe.

Hannah war verwirrt. »Woher kann sie das denn?«

»Frag lieber nicht«, riet Joe.

Je länger sie in der Sprache des Dämons redete, umso seltsamer wirkte Shahurs Erscheinung. Er zuckte und krampfte, verfärbte sich in ein blasses Olivgrün und wurde wieder schwarz. Doch lange konnte der Dämon den geheimnisvollen Worten nicht widerstehen. Schließlich stand er in seiner vollen Entfaltung mitten im Zimmer. Nicht tot, nicht lebendig. Und doch gewann sie den Eindruck, einem Wesen aus Fleisch und Blut gegenüberzustehen. Spalten und Kerben durchzogen die blasse Haut, die das Schwarz dahinter einschloss, wie in einem Zwinger.

In Hannahs Kopf jagten sich Gedanken um Holden, um ihre Eltern. Sie sorgte sich in einem winzigen Sekundenbruchteil um die Leben ihrer Lieben, um Joe und sogar um dessen Mutter.

Shahur stellte die langen dürren Beine aus, stemmte die Klauen in die Knie und wiegte den Kopf ganz langsam hin und her, wie eine die Umgebung rasternde Eule. Dabei näherte er sich Hannah, so langsam, dass sie es nur schwer mitbekam. Aber Hannah entging es nicht. Vorsichtig trat sie rückwärts, eroberte so die Distanz zwischen sich und dem Höllenwesen zurück und erinnerte sich an Mrs Strawers Worte: *wenn er sich manifestiert hat.*

Angespannt musterte Hannah das Höllenwesen und vergewisserte sich tastend, dass das Siegel in ihrer Hand lag. Sie richtete ihren Blick starr geradeaus. Keinen Moment durfte sie Shahur aus den Augen lassen. Sie raffte allen Mut zusammen. Schwer atmend streckte sie dem Wesen das Siegel entgegen.

Doch die erwartete Reaktion blieb aus. Das Siegel funktionierte nicht! Aus irgendeinem Grund hatte sie daran geglaubt, mit einem Stück Metall einen Dämon bezwingen zu können. Wie naiv war sie eigentlich?

Ein Zucken des Dämons schenkte Hannah einen winzigen Funken Hoffnung, der sogleich wieder erlosch, denn das Wesen wirkte vollkommen unbeeindruckt, schien sie zu wittern und hielt direkt auf Hannah zu. Ihr Körper erstarrte. Shahur hielt abrupt vor ihrer ausgestreckten Hand an. Ein dünnes Blatt Papier hätte gerade so zwischen sie und Shahur gepasst. In ihren Ohren dröhnte das Blut wie ein rauschender Bach. Irgendetwas hinderte ihn daran, sie zu töten. Er konnte sie nicht einmal berühren.

Hannah fiel das blaue Band ein. Es hatte sie schon einmal vor dem Dämon beschützt. Sie versuchte sich auf Shahur zu konzentrieren, doch immer, wenn ihre Gedanken ihn erfassten, glitt er ihr davon, wie ein glitschiger Aal. Sie kam einfach nicht nahe genug an sein Innerstes heran. Holden schoss durch Hannahs Kopf. Ihrem Bauchgefühl folgend, riss sie das Band von ihrem Handgelenk. Joe schrie etwas, aber das konnte sie nicht verstehen, es klang weit entfernt, während Hannah ganz andere Geräusche erreichten. Klagende, wimmernde und ächzende Töne vermischten sich mit herrisch zischenden und fauchenden Lauten, die ihr kalte Schauer unter die Haut jagten. Shahur war ihr jetzt so nah, dass sie einen Blick in die Kerben hineinwerfen konnte. Es war ein Blick in die Hölle. Eine schwarze Hölle, frei von jeglichem Sein. Gesichter drückten sich aus der zähen, teerigen Masse, die Shahurs Inneres war. Furchterstarrt wollte sie wegsehen, aber ihr Körper gehorchte ihr nicht. Seine Nähe verursachte eine frostklirrende Kälte, kälter noch als ewiges Eis, das wie kaltes Feuer brannte und drohte, auf sie selbst über zuspringen.

Mit dem Gedanken an ihren Bruder hob Hannah das Siegel dem Dämon wieder entgegen und drückte das warme Metall in den überraschend weichen, gallertartigen Körper des Dämons hinein. Sie gab dem Drang nach, tiefer vorzudringen.

Wie ein Parasit zehrte die Kälte Shahurs an Hannahs Körper und entzog ihr Energie. Ihr Beine wurden schwach und diese Schwäche breitete sich in Hannahs Brust aus. Sie spürte, wie ihre Kraft mit jedem Atemzug mehr schwand. Sie spürte aber auch etwas anderes.

Ein Zittern ging vom Dämon aus. Das musste die Wirkung des Siegels sein. Es funktionierte also doch! Diese Erkenntnis brachte ihr einen regelrechten Energieschub ein, der sie nur so lange auf den Beinen halten musste, bis ihre Schuld beglichen war.

Ihr Arm steckte nun bis zur Schulter in seinem Leib. Der Dämon schien mit dem Boden verwachsen zu sein. Immer wieder versuchte er, seine Beine zu lösen, aber es gelang ihm nicht. Das war *der* Moment! Wenn sie ihn jetzt in die Hölle jagen würde, könnte er sie jedoch mit sich reißen. Wenn sie aber zögerte, war Holden verloren. Also setzte Hannah alles auf eine Karte, schob die Sorgen beiseite und forderte mit fester Stimme:

»Ich befehle dir, geh in das Tchabrak!«

Er drückte die Klauen an seinen Kopf und zuckte, riss das Maul auf und entließ einen gequälten Schrei, der Hannah in Mark und Knochen traf. »Shahur!«, nannte sie den Namen des Dämons. Kaum war der Ruf verklungen, wurde sie von einem unerträglichen Sog tiefer in die Schwärze gezogen. Hannah kam nicht dagegen an. Die Welt schien ihre Existenz aufzugeben. Es gab nur noch sie und den Dämon. Alles andere wirkte, als wäre es von einem schwarzen Loch verschlungen worden. So sehr sie sich auch gegen diese ungewollte Verbindung zur Wehr setzte, es gelang ihr nicht. Hinzu kam brennende Kälte, die sich durch ihr Innerstes fraß und es mit ihrem frostigen von Eisblumen verzierten Mantel belegte. Zwischen den filigranen Blumen suchte sie nach einem Weg zu Shahurs Bewusstsein, nach einem Hinweis, einem winzigen Zipfel, den sie greifen könnte, um ihn zu bannen.

Mittlerweile war sie bis auf ein Bein und ihren Kopf mit dem Höllenwesen verschmolzen. Niemand brauchte Hannah zu sagen, dass sie dieses Erlebnis nicht überleben würde. Wenn sie aber tatsächlich ihrem Ende entgegenging, dann würde sie die Bestie mitnehmen. Je tiefer sie in dem Körper des Dämons steckte, umso deutlicher wurden die schmerzerfüllten Laute aus seinem Inneren. Die Anziehungskraft zerrte sie erbarmungslos noch weiter hinein. Sie holte tief Luft und hielt den Atem an, als ihr Gesicht die Dämonenhaut berührte.

Schließlich drang sie endgültig ein.

Hannah konnte nicht fassen, was sie sah. Genau so stellte sie sich die Hölle vor. Eine finstere Welt, in der Menschen an ihren Qualen vergingen, in den Seelen gefangen waren und sich ihrem Schicksal ergaben. Wo sie auch hinsah, fanden sich Körperlose. Und dann sah sie Editha.

Inmitten der Verlorenen stand ihre Oma. Jung und voller Gram sah sie Hannah an.

»Wo sind wir hier?«, flüsterte Hannah.

»In Shahurs Hölle«, antwortete Editha.

»In Shahurs Hölle?«, fragte Hannah.

»Ja«, antwortete Editha. »In seiner Hölle hält er all die Seelen gefangen, die ihm zum Opfer fielen. Er nährt sich von ihnen.«

»Was soll ich tun?«

»Geh zurück«, hörte sie Editha sagen.

»Befiehl ihm, in das Tchabrak zu gehen«, forderte Editha.

Aber Hannah hatte keinen Zugriff auf ihren Willen. Es war, als hätte diese finstere Welt ihr alles genommen, selbst ihre Gedanken.

Hinter Editha tauchte ein kleiner Junge auf. Sein rotes Haar stach aus der Tristesse heraus. Ihr Herz erfror bei seinem Anblick.

»Holden«, wisperte sie.

Jemand packte ihren Arm, der noch immer in der Welt der Lebenden hing, und drückte ihr etwas in die Hand. Hannah folgte dem Impuls, nachzusehen, was es war, und zog nun das letzte Körperglied in diese Welt hinein. Sie spüre die Erschütterung, die den Dämon durchfuhr. Und als sie den Gegenstand in ihrer Hand betrachtete, erkannte sie den Grund dafür. Sie blickte direkt auf das Kreuz, das Joe eben noch festgehalten hatte.

Je länger sie es sich ansah, umso klarer wurde ihr Kopf. Ihre Gedanken ordneten sich. Sie musste den Dämon in die Kiste zwingen. Sie war in ihm, in seiner Hölle und würde wohl mit ihm zusammen in dem Gefängnis verrotten, aber sie hatte keine Wahl. Für Holden würde sie alles tun.

»Shahur«, rief sie und hielt das Kreuz mit der einen und das Siegel mit der anderen Hand in die Höhe. »Ich befehle dir«, fuhr sie fort und warf Editha einen raschen Blick zu. Das Siegel wurde warm. »Lass diese Seelen frei und gehe in das Tchabrak!«

Shahurs Hölle erzitterte. Hannah spürte ihr Herz im Hals schlagen. Etwas passierte, nur konnte sie es nicht definieren. Der ganze Ort blähte sich auf. Die schwarze Masse blubberte wie heißer Teer, Blasen platzten, Seelen schälten sich aus glühenden Felsen.

»Im Namen des allmächtigen Gottes!«, rief Hannah. »Geh in das Tchabrak!«

Sie spürte einen Druck, der von allen Seiten auf sie einwirkte und das Atmen erschwerte. Ihre

Lunge fühlte sich an, als befände sie sich tief im Ozean, als drückte das gesamte Meer auf ihre Brust. Das war das Ende, dessen war sie sich sicher. Kraftlos sank sie auf die Knie und ergab sich ihrem Schicksal.

Der Druck ließ plötzlich nach und die Seelen schwirrten umher, als wären sie in einen Orkan der Stärke zwölf geraten. Das Siegel brannte schmerzhaft in ihrer Hand, doch sie hielt es fest. Hannahs Haar wirbelte umher, sie konnte sich kaum am Boden halten, wäre fast mitgerissen worden, als ihr Umfeld plötzlich in einem lauten Kreischen zerriss.

Sie fiel unaufhaltsam und landete hart auf dem Rücken. Die schwarze Masse erlag der Schwerkraft und prasselte auf sie herab, als hätte jemand einen Eimer Dreck über ihrem Kopf entleert. Hannah wischte sich das Zeug von Mund und Augen. »Bah! Wie eklig!«

»Bist du okay?«, hörte sie Joes Stimme.

Sie sah ihn an und spürte einen brennenden Schmerz in ihrer Handfläche. Sie öffnete die Finger und ließ das Siegel fallen. Da sah sie, dass sich das Siegel in ihre Handfläche eingebrannt hatte.

»Was ist passiert?«

»Du hast dem Scheißer die Letzte Ölung verpasst«, sagte er freudestrahlend und half Hannah auf die Beine.

Ein kurzer Blick reichte, um zu erkennen, dass dieses schwarze Zeug wirklich überall war. Es lief die Wände herunter, tropfte von der Decke herab und verteilte sich auf dem Boden. Einige Spritzer davon waren in Joes Gesicht gelandet. Vom Eis gab es keine Spur mehr.

Joe blickte ihr so tief in die Augen, dass sie sich fragte, ob er darin nach Antworten suchte. »Ist er in der Kiste?«

»Und wie er das ist«, meldete sich Mrs Strawer zu Wort. »Das hast du großartig gemacht.« Sie presste das Tchabrak fest an ihren Bauch und sah aus, als hütete sie einen Schatz.

»Was passiert jetzt damit?« Hannah wollte das Ding nicht in ihrer Nähe wissen.

»Das nehme ich. Ihr könnt mir helfen, ein tiefes Loch in meinem Garten zu graben«, antwortete Mrs. Strawer. »Aber jetzt sollten wir nach dem Jungen sehen.«

Plötzlich löste sich aus der teerigen Masse, die einst Shahurs Inneres war, ein Flimmern. Joes Mutter hielt inne, betrachtete das Schauspiel und lächelte. »Sie sind frei.«

»Die Seelen?«, fragte Hannah.

Mrs Strawer nickte.

Es gab keine Stelle, der das Flimmern nicht entstieg. Es verwandelte sich in zarte, blaue Nebelschwaden, deren Mitte glitzerte wie der nächtliche Sternenhimmel. Nur eine Seele zeichnete sich deutlich ab. Es war die eines kleinen rothaarigen Jungen, der Hannah entdeckte und ihr ein Lächeln schenkte. Dann zog er zwischen ihr und Joe vorbei und verließ das Zimmer. Hannah folgte ihm rasch.

»Er sucht seinen Körper«, rief Mrs Strawer ihr hinterher.

Hannah wollte dabei sein, wenn die Seele ihres Bruders zurück in seinen Körper glitt, deshalb beeilte sie sich, die Treppe hinunter zu kommen. Dass sie noch immer mit dämonischen Resten verklebt war, empfand sie als nebensächlich.

# Kapitel 19

## *Unter der Erde*

Bereits von der Mitte der Treppe aus konnte sie sehen, wie ihre Eltern an der Haustür knieten. Daniel hatte den Kopf gesenkt und Kathrin weinte. Zwischen ihnen lag Holdens Körper, aber etwas war anders an ihm. Mit bebendem Herzen eilte sie zu ihrer Familie. Erst, als sie direkt hinter ihrem Vater stand und ihm über die Schulter blickte, erkannte Hannah, dass Holdens Kleidung geschrumpft war. Es sah aus, als wären seine Sachen bei einem viel zu heißen Waschgang eingelaufen.

Schlagartig erinnerte sich Hannah an die Gebrüder Strotman, die in erwachsenen Körpern aus ihrem Martyrium erwacht waren. Es lag nicht an Holdens Kleidung. Es war Holden selbst, der gewachsen war. Sie betrachtete ihren Bruder, der tatsächlich wirkte, als hätte er einige Jahre übersprungen. Das Kindliche war aus Holdens Gesichtszügen gewichen und er wirkte nun wie ein Dreizehnjähriger. Sie war froh darüber, dass er nicht um Jahrzehnte gealtert war.

Der körperlose Holden blickte Hannah an, als wollte er sie fragen, ob er nun in seinen Leib zurückkehren durfte. Sie nickte ihm bestätigend zu und beobachtete, wie er sich auf den schlaffen Körper legte. Schließlich verschmolzen beide Holdens miteinander und er schlug die Augen auf.

»Mom«, krächzte er. Seine Stimme klang nun etwas reifer und kratziger, als befände er sich im Stimmbruch.

Tränen sammelten sich in Hannahs Augen. Sie wischte sie fort und kniete sich neben Holden. Sein Gesicht war kräftiger geworden und die Haare länger. Er lachte sie an. »Hannah, ich hab dich gesehen.«

»Ich weiß«, erwiderte sie und lächelte ihm zu.

Seine Zähne passten nun nicht mehr in das Erscheinungsbild, sie waren klein und es hatten sich Lücken dazwischen gebildet. Er hielt inne und fuhr mit der Zunge an der oberen Zahnreihe entlang. Dann fasste er sich in den Mund und holte einen Zahn heraus.

»Die wackeln alle«, sagte er und griff nach einem zweiten.

»Schatz, nicht mit Gewalt, die werden alle schon von ganz alleine ausfallen«, meinte Kathrin, die ihren Sohn mit einem lachenden und einem weinenden Auge betrachtete. Sie seufzte. »Du bist so groß geworden.«

Holden setzte sich auf und sah sich um. Dann breitete er die Arme aus. »Gruppenkuscheln«, forderte er sie auf und schloss seine Familie in die Arme.

Kathrin war außer sich vor Glück. Immer wieder fasste sie Holden an. Wahrscheinlich musste sie sich davon überzeugen, dass das alles kein Traum war. Je länger sie Holden betrachtete, umso schwerer fiel es selbst Hannah, das Erlebte als Realität zu erachten.

Sie verlagerten die Wiedersehensfreude ins Wohnzimmer. Joes Mutter verabschiedete sich und wollte gerade gehen, als Joe sie aufhielt.

»Mom, muss ich immer noch ins Internat?«

Sie drehte sich um. Hannah hielt die Luft an, denn sie wollte nicht, dass er ging.

»Nun, ich denke, dass du hier ganz gut aufgehoben bist«, antwortete Mrs. Strawer und zwinkerte Hannah zu.

Ein Felsen löste sich von ihrem Herzen. Erleichtert atmete sie aus.

Just in dem Moment, als Hannahs Blick auf die Kiste fiel, forderte Mrs. Strawer: »Ihr beide kommt mit mir!« Sie tätschelte das Tchabrak. »Wir wollen ja kein Risiko eingehen.«

»Was? Warum denn jetzt schon wieder?«, mischte sich Daniel ein.

»Dad, es muss sein. Wir wollen das Ding entsorgen. Und Mrs. Strawer braucht meine Hilfe«, sagte Hannah und ließ ihren Blick zu Holden schweifen. »Ich bin gleich wieder da, Klei... Großer«, verbesserte sie sich, denn nun war Holden fast so groß wie sie.

Das schien ihm gut zu gefallen, denn er grinste von einem Ohr zum anderen.

Mittlerweile malte die Morgendämmerung ein farbenprächtiges Gemälde auf den Horizont. Mit vereinten Kräften hoben Hannah und Joe ein so tiefes Loch aus, dass Hannah bis zum Hals darin versank. Sie wechselten sich ab. Joe war gerade an der Reihe, Spaten für Spaten tiefer in das Erdreich einzudringen, als Hannahs Geist ihr auf einmal entglitt.

Sie war von Holz umgeben, in dem eingravierte Zeichen ihre Aufmerksamkeit forderten. Eine bleierne Kälte umschlang Hannah. Und dann sah sie das tiefe Schwarz, das sie als Nebel in die hinterste Ecke drückte.

»Hannah.«

Das war eindeutig Joes Stimme. Sie blickte sich um, konnte ihn aber nicht sehen. Panik ergriff sie. Ihr Herz schlug wild und ihre Knie zitterten. Platzangst erfasste sie und schnürte ihr die Kehle zu. Sie war in der Kiste, für die Joe das Grab aushob. Darin würde ihr Körper verrotten, nachdem sie erstickt war. Shahur würde dem Schauspiel hohnlachend beiwohnen. Hannahs Seele wäre unwiederbringlich verloren.

»Hannah«, rief er erneut.

Und dann spürte sie eine Ohrfeige, die ihren Kopf zur Seite fegte. Plötzlich war sie wieder draußen.

»Träumst du?«

Sie kniff sich, um sicherzugehen, dass sie sich nicht einbildete, in Joes Garten zu stehen.

»Du wirst noch eine Weile mit dem Dämon verbunden sein«, meldete sich Mrs. Strawer zu Wort.

Erschrocken sah Hannah zu ihr hinüber.

»Er wird dir nichts mehr tun können. Du warst in ihm, davon muss sich deine Seele erst einmal erholen. Holden wird es genauso ergehen.«

»Und wenn jemand die Kiste findet und öffnet? Was, wenn das Holz verrottet?«, fragte sie besorgt.

Joes Mutter schüttelte den Kopf. »Nur ich weiß, wo der Schlüssel verborgen liegt. Und verrotten kann dieses Holz nicht. Es ist mit einem Zauber für die Ewigkeit belegt.«

Sie wickelte ein langes Seil ab, das mit einem mehrfachen Knoten an dem Tchabrak festgemacht war, und ließ die Kiste mit dem Dämon in das Loch ab. Als es auf dem Grund aufkam, warf sie das Seilende hinterher. Ohne zu zögern, begann Joe, den Aushub wieder in das Loch zu werfen. Das tat er so enthusiastisch, dass er nicht einmal einen Wechsel forderte. Im Alleingang begrub er Shahur in dessen Gefängnis und klopfte die Erde fest.

Sein Blick wanderte zu Hannah hinauf, die am Rand stand und ihn bei der Arbeit beobachtete. »Hey, wenn du mal wieder Dämonen zum Explodieren bringst, solltest du dir so einen Overall besorgen. Du weißt schon ... einen wie die, die man zum Renovieren trägt.«

Hannah sah an sich hinunter. Noch immer war sie eingesaut mit Dämonenresten, an denen nun auch noch Erde klebte. Sie schob die Hand durch das Zeug an ihrer Hose und wischte sie genüsslich an Joe ab. »Wir brauchen zwei davon.«

Er packte ihr Handgelenk und zog sie an sich. Erschrocken sah sie zu seiner Mutter.

»Ich gehe mir mal die Hände waschen«, murmelte Mrs. Strawer, drehte sich auf dem Absatz um und überließ die beiden einander.

Hannah schluckte. Auf diese Art war sie Joe noch nie so nah gewesen. Es gefiel ihr in gleichem Maße, wie es sie verwirrte. »Was wird das?«

Seinem breiten Lächeln folgte ein leichtes Kopfschütteln. »Sei einfach still.«

Hannahs Herz trommelte wild gegen ihren Brustkorb. »Joe, ich ...« Ein Flattern stellte sich in ihrem Bauch ein.

»Beinahe hätte ich dich verloren. Also, halt still!«

Hannah ahnte, dass er sie gleich küssen würde. Sie schloss die Augen und spitzte die Lippen. Sie spürte seine Arme, die sich hinter ihrem Nacken zusammenfanden und wusste, dass sich ihre Lippen jede Sekunde treffen würden.

»Ich hoffe, es gefällt dir«, murmelte Joe.

Vorsichtig öffnete sie ihre Lider wieder und musterte ihn. Er stand mit einem breiten, nervösen Grinsen da und blickte auf ihre Brust.

Hannah räusperte sich. »Ich verstehe nicht ...«

Joe deutete nun mit dem Kopf auf ihren Brustbereich. Hannahs Finger glitten automatisch zu dem Punkt, den er noch immer anstarrte. Plötzlich erfühlte sie etwas Metallenes und nahm es in die Hand, um es genauer zu betrachten. Ein Anhänger! Mehr noch, ein silbernes Medaillon, das sich in filigranen Verzierungen nur so verlor.

»Joe, das ist wunderschön.«

»Mach es auf!«

Ein winziger Knopf an der Seite ließ den Deckel aufspringen. Darin befand sich ein Foto von ihnen beiden. Hannah ging das Herz auf. »Das sind wir.«

»Ja, das sind wir. Das wollte ich dir schon lange schenken. Aber es hat sich nie eine passende Gelegenheit ergeben. Und nun – da du dich mit der Hölle angelegt hast, wollte ich keine Zeit mehr verschwenden.«

In der Innenseite des Deckels entdeckte Hannah eine zarte Gravur. »Du bist der bessere Teil von mir«, las sie leise. »Joe, ich weiß nicht, was ich sagen soll – Danke.« Hannah war so überwältigt, dass die Gefühle mit ihr durchgingen. Sie folgte ihrem Herzen, das offenbar nur darauf gewartet hatte, von der Kette gelassen zu werden, und überrumpelte Joe mit einem Kuss. »Ups – sorry.«

Er fuhr mit dem Daumen über seine Lippen, dann über ihre, zog sie fest an sich heran und verschmolz mit Hannah in einem innigen Kuss, der so machtvoll war, dass er all die schlimmen Ereignisse unter rosaroter Zuckerwatte verbarg. Hannahs Seele pulsierte und ihr Herz versicherte ihr, dass das Leben nur ein bisschen ruckeln musste, um einen neuen Gang einzulegen. Einen Gang, in dem sie mit Joe an ihrer Seite alles schaffen würde, was sie nur wollte.

ENDE!

ENDE?

Fortsetzung folgt ...

# Es geht weiter

Die Geschichte um Hannah, Holden und Joe geht mit **Fluch in Alicetown** weiter.

Begleite das Dreiergespann bei ihren paranormalen Erlebnissen und tauche noch tiefer in die Geheimnisse von Alicetown ein.

Viel Freude und Gänsehaut

*Dana Müller*

## Die Autorin

Die 1974 in Berlin geborene Dana Müller ist von allem Okkulten und Übersinnlichen so fasziniert, dass sie sich zwischen Horror und Fantasy pudelwohl fühlt.

Ihre Ideen begegnen ihr oft im Traum oder beim Besuch von »Lost Places«. Im Wald findet sie die notwendige Ruhe, um den Geist freizubekommen und der Inspiration freien Lauf zu lassen.

Ebenso begeistert ist sie seit früher Jugend vom Geschichtenerzählen. Um die Grundlagen des schriftstellerischen Handwerks zu erlernen, absolviert sie 2013 erfolgreich das Fernstudium »Kreatives Schreiben«.

Seitdem ist sie nicht zu bremsen. Sie erfindet unaufhörlich neue Geschichten und Charaktere. Da ihre zweite Leidenschaft der Kunst gehört, rundet Dana die Geschichte mit dem passenden Cover ab. Auch in diesem Bereich erlernt sie die handwerklichen Grundlagen und fügt diesen eine Portion Talent hinzu.

2017 erblickt die Buchreihe »Legenden« das Licht der Welt, die bis heute regelmäßig erweitert wird. Dana lebt mit ihrer tierlieben Familie in der Nähe von Berlin.

http://danamueller.jimdo.com/

https://www.facebook.com/pages/Dana-Müller/258472350978589_

Twitter: @HotTintenfieber

Druck:
CPI Druckdienstleistungen GmbH
im Auftrag der
Zeitfracht GmbH
Ein Unternehmen der Zeitfracht - Gruppe
Ferdinand-Jühlke-Str. 7
99095 Erfurt